D+

dear+ novel

Hana wa shitone ni sakikuruu ・・・・・・・・・・・・・・・・・・・・・・・・・・・

華は褥に咲き狂う8 ～比翼と連理～

宮緒 葵

新書館ディアプラス文庫

華は褥に咲き狂う 8 ～比翼と連理～

contents

宮緒 葵「華は褥に咲き狂う」（イラスト・小山田あみ）

「あらすじ」

庶出の出ながら相次ぐ異母兄たちの死により将軍位を継いだ光彬《みつあき》。
慣例に従い都から迎えた御台所《みだいどころ》――純皓《すみひろ》は、絶世の麗人ではあるものの紛れもない男だった。
かつて光彬に危機を救われたことのある純皓は実は闇組織の長《おさ》で、
あらゆる手を尽くし輿入《こしい》れしてきたのだ。
最初こそ戸惑う光彬だが、純皓の熱にあてられるように夢中になっていく。
日々起こる様々な事件に力を合わせて立ち向かううち絆《きずな》は強まり、
ふたりは民も羨《うらや》む相思相愛の夫婦《めおと》に。
光彬の善政も評判となり治世は安泰に思えたが、権力志向の佐津間《さつま》藩主・志満津隆義《しまづたかよし》と、
愛する女の復讐を目論《もくろ》む純皓の異母兄・麗皓《つぐひろ》、光彬の子を望む神“玉兎《ぎょくと》”が手を組み、
幕府に不利な状況を次々に仕立て上げられ、隆義の横暴を許さざるを得ない状況に。
さらに恵渡《えど》の民を人質に取られ、神の絶大な力の前に絶体絶命の危機に陥る光彬だが、
そこへ姿を消していた鬼讐丸《きしゅうまる》が現れ……？

人物紹介

紫藤純皓
（しとう・すみひろ）
西の都出身の光彬の御台所。
裏の顔は闇組織『八虹（やこう）』の長。
目的のためなら手段を選ばない
非情な性格だが
光彬が聖域。
七條光彬
（しちじょう・みつあき）
恵渡幕府第八代将軍。
剣に秀で、公平で優しいみんなの上様。
祖父・彦十郎《ひこじゅうろう》の薫陶《くんとう》を受けて
真っ直ぐに育った
天性の人たらし。

志満津隆義（しまづ・たかよし）

西海道《さいかいどう》の大藩・佐津間藩の藩主。野心にあふれ、傲慢で尊大。
人身売買や密輸にも手を染める。麗皓を情人にしていた。

玉兎（ぎょくと）

元は人の信仰心が生み出した神。
光彬の祖父・彦十郎《ひこじゅうろう》に執着し、
その血を継ぐ光彬の子を望むがゆえ
隆義の野望に手を貸す。

鬼讐丸（きしゅうまる）

光彬が祖父より受け継いだ守護聖刀。
童子姿の剣精がついていたが、一時期そばを離れ、
青年姿に成長して戻る。

門脇小兵衛（かどわき・こへえ）

光彬の乳兄弟にして側用人《そばようにん》。強面だがドMの素質があり咲の尻に敷かれている。

咲（さき）

純皓付きの小姓《こしょう》にして腹心。可憐な少女の姿だが実は男でドS。小兵衛の妻。

桐姫（きりひめ）

光彬の側室候補として、御中臈《おちゅうろう》の身分で大奥入りした佐津間藩の姫。隆義の異母妹。

金龍王丸（きんりゅうおうまる）

初代将軍の時代より伝わる七條家の宝刀。鬼讐丸の不在中、光彬を守る。

榊原彦十郎（さかきばら・ひこじゅうろう）

光彬の母方の祖父。懐深く誰からも愛された。光彬が15のときに他界。

紫藤麗皓（しとう・つぐひろ）

純皓の異母兄。純皓の母・椿《つばき》と想い合っていた。隆義と手を組むが、純皓の手で討たれる。

紫藤和皓（しとう・かずひろ）

麗皓の同母兄。椿を死に追いやった張本人。玉兎に身体を乗っ取られている。

＊詳しくはディアプラス文庫「華は褥に咲き狂う1～7」をご覧ください（1～4巻は電子にて発売中）。

illustration : 小山田あみ

華は褥に咲き狂う 8
〜比翼と連理〜

「鬼讐丸《きしゅうまる》…、お前……」

何故、ここに現れたのか。今までどこに居たのか。その姿はいったい何があったのか。水干姿《すいかん》の童子《どうじ》から、直垂《ひたたれ》をさっそうと着こなした美丈夫へ。華麗なる成長を遂げた守護剣精《けんせい》
…鬼讐丸にぶつけたい疑問は山ほどあったが、対峙《たいじ》する神はそんな余裕などくれなかった。

「おぬし、禁を破ったな⁉」

絶叫しながら、疾風を纏《まと》った玉兎《ぎょくと》が突進してくる。斬り落とされた触手は再生され、うねうねとおぞましくうごめいていたが、その目は焦りのみならずかすかな驚きと恐怖までも滲ませ、鬼讐丸を睨んでいた。

……禁を、破った？

どういう意味だと考える暇も無く、光彬《みつあき》は我が手に戻った祖父の形見《かたみ》を手に立ち上がる。さっきまで全身を苛《さいな》んでいた激痛は綺麗に消え失せ、代わりに内側からじわじわと生気が溢れ出てくる。まるで握り締めた刀から、無尽蔵《むじんぞう》の力が流れ込んでくるかのようだ。

……今ならやれる。いや、……やってみせる！

裂帛《れっぱく》の気合を込め、光彬は鋼《はがね》の刃《やいば》を振るう。

「おおおおおおっ！」

――武士は戦って死ぬるが役目。命ある限り立ち止まるなど許されぬ。

祖父の言葉が道しるべとなり、光彬の心を鼓舞《こぶ》していた。守るべき民《たみ》と家臣が在《あ》る限り、将

軍は死ぬことなど許されない。鬼であろうと修羅《しゅら》であろうと、仏であろうと神であろうと、斬って斬って進むのみ。

襲い来る数十本の触手を斬ってもなお威力の衰《おとろ》えぬ刃が、玉兎の胴に食い込んだ。

「……ぐ、……ぁ！」

玉兎はとっさに背後へ跳ぶことで痛手を軽減させるが、手応《てごた》えはあった。触手ではなく玉兎本体を捉えたのは初めてだ。それに…。

――気付いたか、あるじさま。

玉兎を見据えたまま尋ねる鬼讐丸の声は記憶よりも低く艶《つや》めいているが、不思議と耳に馴染んだ。知らぬ間に固まっていた身体が解《ほぐ》れていくのを感じながら、光彬は頷く。

――ああ。どうやら本体への攻撃までは、和皓《かずひろ》に肩代わりさせられないようだな。

触手を斬るたび響いていた、和皓の野太い悲鳴。それがさっきは聞こえなかった。つまり本体に攻撃を命中させれば、和皓の肉体にひそむ玉兎自身に痛手を負《お》わせられるということだ。

神は決して攻略不可能な鉄壁の要塞《ようさい》ではない。この手で倒せる。

「……光彬！」

悲鳴めいた声を上げたのは、触手が化けた大蛇《だいじゃ》と斬り結ぶ純皓《すみひろ》だ。

汚れた頬に伝う涙に、光彬の心の臓はずきりと痛む。…光彬自身でさえ、一時は最期を覚悟したのだ。最愛の夫を助けに行くことも出来ず、ただその死を見せ付けられそうになった妻の嘆《なげ》きはいかばかりか。光彬なら絶望のあまり立ち上がれなくなってしまうに違いない。

「俺は大丈夫だ、純皓！」

「……っ、……」

「何としても生き延びる。…力を貸してくれ！」

ひく、と純皓は喉を震わせた。小太刀《こだち》を逆手《さかて》に持ち替え、喉笛に噛み付こうとしていた大蛇に必殺の突きを叩き込む。

「ギッ、ギッ、ギィィィイ！」

吹き飛ばされた大蛇は金属が擦《こす》れ合うような断末魔《だんまつま》をほとばしらせ、何度かのたうってから動かなくなった。どす黒い返り血を浴び、純皓は妖艶に微笑《ほほえ》んでみせる。

「…俺のお代は高いぞ？」

「後で好きなだけ払ってやる」

「は…っ、じゃあ、張り切って働かないとな！」

背後から迫《せま》っていたもう一匹の大蛇に、純皓は振り向きざま斬撃《ざんげき》を喰らわせた。血飛沫《ちしぶき》をまき散らしながらよろめいた大蛇の倒れた先は、なみなみと水をたたえた池泉《ちせん》だ。這い上がれずもがく大蛇の頭部にとどめの刀子《とうす》が何本も突き刺さる。

毘沙門天《びしゃもんてん》のごとき戦いぶり、弁財天《べんざいてん》もかくやの艶麗《えんれい》な姿には何度惚れ直しても足りない。触手が変じた大蛇はあと三匹残っているが、今の純皓なら任せても問題無いだろう。

「…鬼讐丸？」

どうした、と眼差しで問えば、しげしげと光彬を見詰めていた鬼讐丸は唇をほころばせた。

――いや、われのあるじさまはさすがの人誑《ひとたら》しだと思うていただけじゃ。…さあ、来るぞ！

玉兎を守るようにうごめいていた触手の先端が二つに割れる。ぶじゅううううう、と発射された黄土色《おうどいろ》の液体を、光彬はとっさに回転して避けた。あれは絶対に浴びてはならないものだと、本能的に察したのだ。

じゅ、じゅじゅっ、と液体に汚れた壁や柱が腐食《ふしょく》し、崩れていく。人間がまともに受けたら、骨までたちまち溶かされてしまうだろう。疫病《えきびょう》をばら撒《ま》く黒煙よりも、直接的な痛手ははるかに大きい。

「……何故じゃ、彦十郎《ひこじゅうろう》」

大きく肩を震わせる玉兎は、己をなるべく大きく見せて威嚇《いかく》しようとする獣にも、拗《す》ねて駄々をこねる意固地な子どもにも見えた。

「何故じゃ、……何故、私を見てくれぬ……」

光彬はぴくりと眉を揺らした。…玉兎にも見えていたのか。光彬に鬼讐丸を託してくれた、在りし日の祖父の凛《りん》としたあの姿が。玉兎には一瞥《いちべつ》もくれず、消え去ってしまったが…。

「彦十郎の、馬鹿ぁっ！」

――避けろ、あるじさま！　あれは斬れぬ！

鎌首をもたげた何十本もの触手が、再び黄土色の腐汁《ふじゅう》を勢いよく発射する。四方八方から光彬を仕留めようとするそれを、回転して避けるのは不可能だ。

光彬は鷹《たか》のごとく眼差しを光らせた。…見える。腐汁を掻《か》いくぐり、玉兎にたどり着く一筋の道が。

……避けられぬのなら、進むまで！

——それでこそあるじさまじゃ！

どくんっ……。

光彬の脈動と、鬼讐丸の柄《つか》から伝わる鼓動が重なるのが合図だった。

力強く大地を蹴《け》り、まずは右へ。ついさっきまで光彬が立っていた地面を腐汁が抉《えぐ》るのを視界の端に捉えながら、ひらりと跳躍する。漆喰《しっくい》の壁に埋め込まれた金具のわずかな出っ張りを足場代わりに、さらに跳び上がる。

「何故じゃ、何故じゃ、何故なのじゃあっ⁉」

いやいやをするようにかぶりを振る玉兎には、瓦《かわら》屋根に降り立った光彬など見えていない。きっと、幻の彦十郎の姿以外何も。

乱射される腐汁は美しかった庭園を破壊し、灯籠《とうろう》や木々、配下であるはずの大蛇までもなぎ倒していく。大蛇の骸《むくろ》を盾《たて》代わりに、攻撃を防いでいる純皓はさすがの一言だ。

鬼讐丸が呆れた表情で呟いた。

――あの者、乱心《らんしん》してしまったのではないか？

光彬も同感だ。桐《きり》姫と光彬を娶《めあわ》せ、彦十郎の血を引く子を産ませるのが玉兎の最大の目的のはず。光彬が攻撃に巻き込まれて死んでしまっては、全てが水の泡なのに。

……それほどに、心痛《しんつう》だったのか？　お祖父様に無視されたことが。

胸に芽生《めば》えたかすかな違和感を追究する間も無く、屋根に腐汁が命中する。がらがらと瓦が崩れ落ちる前に、光彬は宙に身を躍《おど》らせた。構えた鬼讐丸の切っ先の真下に、玉兎の頭がある。

「――――！」

玉兎がはっと顔を上げたのは、輝く切っ先が頭部にめり込む寸前だった。人間ならなすすべも無く頭蓋《ずがい》を叩き割られる瞬間、神は文字通り人間離れした動きで身をひるがえす。標的を捉えそこねた刃は空《くう》を斬り、斬られた空気は真空の刃と化して追撃する。回避に成功し、油断していた玉兎は避けられない。

「……あぁあっ！」

ばっくり裂けた狩衣《かりぎぬ》の胸元から、どす黒い血が噴き出した。今度も和皓の悲鳴は聞こえない。

玉兎自身に痛手を負わせられた証拠だ。

――あるじさま、もう一撃！

「言われずとも！」

胸を押さえてよろめく玉兎目がけ、突進する光彬の心は複雑だった。

鬼讐丸の切れ味、以前とは比べ物にならない。今の鬼讐丸なら、神さえもたやすく切り裂いてみせるだろう。だが。

……だが、何だ？　この、胸を引っかかれるような不安は……。

身体は心と裏腹に玉兎を仕留めるために動く。全身の勢いを乗せた鋭い突きがまともにくり出されていたなら、光彬の勝利は確定しただろう。

「…み…っ、……光《みつ》の字……！」

そこへ響いた息も切れ切れの声が、状況をくつがえした。腐汁によって破壊された海鼠《なまこ》壁の割れ目から、若い男が顔を覗かせる。逞《たくま》しい身体に纏った町火消《まちびけし》の印半纏《しるしばんてん》は、ぼろぼろに破けていた。

「元助《げんすけ》…⁉」

光彬がここに居ることは限られた者しか知らないはずなのに、何故。

思わず振り返った隙を、玉兎は見逃さなかった。鞭《むち》のように触手をしならせ、勢いよく打ち出す。光彬ではなく、壁にもたれて必死に呼吸をする元助に向かって。

「……しゃがめ、元助！」

盾《たて》代わりの大蛇の骸を押しのけ、純皓が叫んだ。とっさに従った元助の頭上すれすれを触手がなぎ払っていく。

触手は宙で反転し、再び獲物を仕留めようとしたが、その時には純皓が元助を抱えて遠ざかっていた。光彬は鬼讐丸の柄を持ち替え、元助を狙う触手を斬り落とす。ぎゃあああっ、と和皓の苦痛の悲鳴が響く。

「……！　ば、化け物が……！」

元助が宙を指差した。

触手を翼のように羽ばたかせながら、玉兎が宙に浮かんでいく。瞬《また》く間に屋根よりも高く上昇し、飛び去っていく玉兎を追うのはもはや不可能だ。

口惜しさを嚙み締めながら鬼讐丸を鞘《さや》に収めると、純皓に支えられた元助が面目《めんぼく》なさそうに頭を搔く。

「すまねえ、光の字。俺のせいで化け物を取り逃がしちまった…」

「気にするな。お前の命の方が大事だ」

駆け込んできた元助に気を取られた時点で、逃げられるのは確定していた。一人を犠牲にして全ての元凶を仕留められるのなら安いもの、と割り切れない光彬の落ち度だ。民の犠牲を当然と受け止められるのが強さなら、光彬は永遠に強くなどなれないだろうが。

「お、……おう……ありがとよ……」

元助が頰を紅く染める。純皓は無言のまま溜息を吐き、鬼讐丸も生温かい笑みを浮かべているので、理由がわからずにいるのは光彬だけのようだ。

「それで元助、何故ここに？」

気を取り直した光彬が問うと、元助ははっとして懐《ふところ》を探った。取り出したのは、くしゃくしゃになった書付《かきつけ》だ。

「これを光の字に渡すよう頭《かしら》に頼まれたんだ。ご老中《ろうじゅう》、常盤主殿頭《ときわとのものかみ》様のお邸《やしき》に居るはずだからって」

「虎太郎《こたろう》が？」

「ああ。どんな大火事の時だって余裕しゃくしゃくの頭が、あんな切羽詰まった顔をしてるとこを見たのは初めてだったよ…」

だから元助は危険を承知の上で、厳戒態勢の恵渡《えど》の町を駆け抜けたのだ。『い組』が警備に当たる弐本橋《にほんばし》とこの邸は、かなりの距離があっただろうに。

そこまでして虎太郎が光彬に報《しら》せたかったことは、いったい何なのか。

光彬はごくりと息を呑み、純皓に周囲の警戒を任せてから書状を広げた。久しぶりに見る少し右肩上がりの手跡《しゅせき》に、懐かしさを覚えたのはつかの間。光彬は頭を思い切り殴られたような衝撃に襲われる。

……お祖父様が亡くなる直前、玉兎と会っていた？

その際に盗み聞きしたという二人のやり取りを、虎太郎は記憶にある限り詳細に記《しる》してくれていた。以前光彬が玉兎について尋ねた時は知らないと答えたのだが、和皓の中に入った玉兎の声を聞いたことで封印されていた記憶がよみがえったのだそうだ。

玉兎は己のもとに来るよう、余命わずかな彦十郎を執拗に誘っていたという。おそらく眷属《けんぞく》にしようと目論《もくろ》んだのだろうと虎太郎は分析していた。神の眷属なら病や寿命とは無縁で、神と同じ永遠を生きられる。

祖父は毅然《きぜん》と断ったが、玉兎はめげずに誘い続けた。だが祖父の決意がどうあっても変わらないと悟《さと》ると、泣きながら去っていったという。

『もういい…っ…、もう、彦十郎など知らぬ！　彦十郎のわからずや、彦十郎なんて、……だ、…だい、……大っ嫌いじゃ…！』

書付の最後には、その時の玉兎の捨て台詞も記されていた。一緒に覗き込んでいた鬼讐丸がぼそりと呟く。

——まるで親に叱られて拗ねた童《わらべ》じゃな。

光彬もそう思った。さっき芽生えたばかりの疑問がむくりと大きくなる。

幻の祖父に無視され、取り乱していた玉兎。あの神が光彬に子孫を残させたがるのは、祖父彦十郎にこだわるがゆえだと…執着する祖父の血筋を残したい一心だと思っていた。だから隆《たか》義《よし》や麗皓《つぐひろ》とも利害が一致し、手を組んだのだと。

……だが、本当は違うのではないか？

虎太郎がもたらしてくれたこの情報が真実なら、玉兎の本当の望みは、きっと…。

「…感謝するぞ、元助」

「へっ？」

「お前のおかげで希望が見えた。危険な中、よくここまで駆け付けてくれたな」

元助は真っ赤になってぷるぷる震えていたが、やがて誇らしげに胸を張り、ごしごしと鼻《はな》頭《がしら》をこすった。

「こんくらい、どうってことねえさ。俺は上様がお作りになった町火消の一員だからな。化け物なんぞに負けてられっかよ！」

「さすがだな。では俺からも、一つ頼んでもいいか？」

「おう、任せとけ。…で、何だ？」

どん、と元助が胸を叩いてみせたのと同時に、遠くから馬蹄《ばてい》の音が聞こえてきた。数はおそらく一騎だ。こちらに近付いてくる。

「上様！　上様――っ！」

元助と同じ壁の割れ目から巧みに馬を操って現れたのは、鎧《よろい》直垂に草摺《くさずり》で武装した若武者だった。汗まみれの顔には見覚えがある。恵渡城の警護を任せた大目付《おおめつけ》、松波備中守《まつなみびっちゅうのかみ》の配下だ。

「…う、……上様？」

光彬の素性を知らない元助が目を白黒させる。元助にとって光彬はうだつの上がらない貧乏旗本《はたもと》の三男坊、七田光之介《しちだみつのすけ》なのだ。

虎太郎は『無礼にもほどがある』と怒っていたが、武士相手にもぽんぽんと遠慮無くものを言う元助が好きだった。叶うものなら、元助の前ではずっと光之介でいたかったくらいに。

「…ああ、上様！　こちらにおいでしたか！」

だが、光彬を発見するなり下馬《げば》し、ためらわずにひざまずく若武者を見せられてしまっては、もはや偽りは通用しないだろう。

きょとんとする元助にほろ苦く笑い、光彬は若武者に向き直る。

「備中守の配下だな。如何《いかが》した」

「はっ。──先ほど恵渡城に裏賀《うらが》より早馬が到着いたしました。裏賀の沖合に武装した南蛮船《なんばんせん》四隻《せき》が出現し、大砲を発射したとの由《よし》！」

予想外の報告に、光彬は肝《きも》を潰した。逃げた玉兎が恵渡城を襲ったのではないかと危惧《きぐ》していたのだ。

「…裏賀の町や民に被害は？」

「沿岸の施設や護岸壁《ごがんへき》の一部が破壊されましたが、南蛮船出現の一報により裏賀奉行《ぶぎょう》が退避命令を出したため、幸いにも人的被害は無しとのことにございます」

「それは何よりだ。…して、その南蛮船がどこの国の船だったかはわかるのか？」

「早馬の使者が申すには、南蛮船は水と食料を要求したそうにございます。そこで奉行が配下を人足《にんそく》に化けさせて送り込んだところ、南蛮船の乗組員たちはどうやら葡萄牙《ポルトガル》王国や西班牙《スペイン》王国の言葉を話しているようだと」

裏賀は潮の関係で時折難破《なんぱ》した外《と》つ国《くに》の船が流れ着くため、永崎《ながさき》の出島《でじま》で南蛮の言語を学んだ通事《つうじ》が奉行所に所属している。彼らが確かめたのなら、ほぼ間違いは無いだろう。

もっとも陽ノ本《ひのもと》は神君光嘉《しんくんみつよし》公の代より明国《みんこく》、阿蘭陀《オランダ》、朝鮮《ちょうせん》の三国としか貿易を行っていない。それ以外の国の船が流れ着いた場合は水や食料の提供、船の修繕などの人道的《じんどうてき》な救済をするのみで、上陸は決して許さないのだが。

「葡萄牙王国と、西班牙王国だと？」

どちらも欧羅巴《ヨーロッパ》では屈指《くっし》の大国だ。陽ノ本とは公的なつながりを持たないはずの二国の名を聞いた瞬間、光彬の脳裏に浮かんだのは佐津間藩主《さつまはんしゅ》、志満津《しまづ》隆義だった。

佐津間藩には戦国の世から南蛮とのつながりがある。彼らは貴重な火薬と引き換えに、民を奴隷《どれい》として売り払っていたのだ。そのつながりは百五十年以上経《た》った今も存在し、旧饒肥藩《じょうびはん》を巻き込んでいっそう大きくなっている。

つい先日もたらされた旧饒肥藩の調査団の報告では、沖合に陽ノ本のものではない大型船が出現し、逃げていったというではないか。それも一度ではない、何度もだ。

……南蛮は陽ノ本とは比べ物にならぬ造船と航海の技術を持つが、補給無しで長期の航海を行うのは不可能だ。

もしも旧饒肥藩が陽ノ本における彼らの補給地であったとしたら？

主導者は間違い無く、旧饒肥藩の実質的な君主である隆義だ。南蛮との密貿易は莫大な富を生む。かの国々からもたらされる最新鋭の武器もまた、隆義に絶大なる力を与えるだろう。……大砲一発で裏賀を混乱に陥《おとしい》れた、かの南蛮船のように。

……この時期に現れた南蛮船だ。隆義と無関係であるわけがない。

「放置は出来ぬ。すぐ城に戻って使者と対面するゆえ、そなたは準備を整えておくよう備中守と側用人《そばようにん》の門脇《かどわき》に伝えよ」

「はっ！　それでは先行いたします！」

若武者はおとなしく待っていた馬にひらりと飛び乗り、駆け去っていった。あんぐりと口を開けたまま突っ立っていた元助が、震える指を光彬に向ける。

「……上、……様？」

ああ、やはりばれてしまった。切なさと諦めが胸の奥に入り混じる。

元助は幼い頃嫌な目に遭《あ》わされたとかで、侍《さむらい》を忌《い》み嫌うようになったのだと虎太郎が言っていた。自分を騙していた挙句、侍の元締めとも言える将軍だ。もう二度と気安い口を叩いてはくれないだろう。

「騙していてすまなかった。悪気は無かったのだ」

「…っ…、……」

「二度と『い組』に顔を出さないと誓おう。だが今だけは頼みを聞いてくれ。民を家の中に避難させ、可能な限り外に出さぬよう伝えて欲しい」

元助はうつむき、拳《こぶし》を小刻みに震わせている。

いつの間にか戻ってきた純皓がそっと光彬に寄り添った。周囲の警戒をしつつも、おおかたは聞いていたのだろう。

「……許さねえ、からな」

やがて元助は真っ赤になった顔を上げた。大きな目からこぼれ落ちた涙を、袖口《そでぐち》でぐいと乱暴に拭《ぬぐ》う。

「全部終わったら…、また、『い組』に来ねえと…、絶対に、許さねえからな」

「…！　元助、お前…」

「貧乏旗本だろうと上様だろうと、光の字は光の字だ。俺の、…大事な仲間なんだからな！」

光彬の返事を待たず、元助は一目散《いちもくさん》に走り去ってしまう。『い組』一の韋駄天《いだてん》と謳《うた》われるだけあって、照れの滲む背中はあっという間に見えなくなった。

「――いい奴だな」

純皓が光彬の背中をぽんと叩いた。

光彬はほんのり笑みを浮かべて頷く。

「そうだな。…俺は、いい仲間を持った。彼らを守るためにも、隆義の野望は絶対に阻止《そし》しなければならん」

「裏賀の南蛮船か。あれは志満津と関係があるだろうな」

「お前もそう思うか」

「思わない方がおかしいだろう。玉兎が和皓の肉体を得て、暴れ出すのを見計らったように動いてやがるんだから」

だが、南蛮船ばかりに構ってはいられない。逃げ去った玉兎の行方を突き止め、今度こそ倒さなければならないのに、一つしか無い我が身が恨めしい。

「おい、光彬」

「何だ、……っ？」

振り向くと同時に顎《あご》をくいと掬《すく》い上げられた。返り血を浴びて妖艶さを増した美貌に呑みかけた息は、重ねられた唇に吸い取られる。

「…う、…っ…」

ぬるりと入り込んできた舌に、縮こまっていたそれをからめとられる。

背筋に痺《しび》れるような感覚が走り、びくんと身を震わせれば、見た目よりも逞しい腕に背中を支えられた。ぴたりと重なり合った胸から、同じ律動を刻む二人分の鼓動が伝わってくる。

「……少しは力が抜けたか？」

光彬を腕に収めたまま、純皓は濡れた唇で囁いた。

「純、皓…」

「また一人でどうにかしようと思い詰めていただろう。…忘れたのか？　お前を支えたいと願ってるのは、元助だけじゃないんだぞ」

純皓は夫の乱れた鬢《びん》を直し、そっと解放する。温かな身体が離れていっても、その温《ぬく》もりは光彬を包み込んでいた。

「……すまん。焦るとすぐ大切なことを忘れてしまって…情けないな、俺は」

「陽ノ本を揺るがしかねない大事が起きたんだ。余裕を失くすのも当然だと思うがな。…それに俺は、余裕の無いお前も好きだ」

「…そうなのか？」

「お前のそんな顔を拝《おが》めるのは俺だけだと思うと、最高の気分になれるからな」

純皓の不敵な笑みにつられ、光彬も笑った。…大丈夫だ。神が立ちはだかろうと、南蛮船が押し寄せようと、この男が居てくれればくつがえせない逆境は無い。

「頼む、純皓。玉兎を探し出してくれ。あやつは俺が討《う》つ。…いや、俺にしか討てん」

俺のために死んでくれと言うのも同然の頼みだった。鬼讐丸を手にした光彬がどうにか渡り合える相手を、いくら闇組織の長《おさ》とはいえ、人の身である純皓に探し出せというのだから。

だが、純皓は一瞬のためらいも無く頷いた。

「任せろ。首に縄をかけてでも、お前の前に引きずり出してやる。だからお前は…」

「隆義を止める。これ以上、南蛮船に陽ノ本を好きにはさせん」

刹那《せつな》、二人は正面から見詰め合い、どちらからともなく抱擁《ほうよう》を交わした。無言だったが、お互いの心にある思いは同じだったはずだ。

――どんなに険《けわ》しい道を這い進むことになろうと生き延びる。必ずこの腕の中に戻ってくるのだと。


純皓と別れた光彬は、秘密の通路を使い、恵渡城に戻ることにした。

一人ではない。鬼讐丸と、回収した金龍王丸《きんりゅうおうまる》も一緒だ。金龍王丸は相変わらず寡黙《かもく》なので、珍しく姿を現していても、喋《しゃべ》るのはもっぱら鬼讐丸だけだったが。

――あるじさまにいとまを告げた後、われは出雲《いずも》の神域《しんいき》に赴《おもむ》いたのじゃ。

今までどうしていたのかと問うた光彬に、鬼讐丸はあっさり答えてくれた。

――われを構成する玉鋼《たまはがね》は遠い昔、出雲の神域より掘り出されたもの。それが長い年月をかけて人の手を巡りに巡り、一振《ひとふ》りの刀に打ち上げられた。

言わば出雲の神域は鬼讐丸にとって生まれ故郷である。鬼讐丸以外にも、数々の名刀を生み出してきた神の息吹《いぶき》溢れる領域だ。そこで鬼讐丸は厳しい修行を積み、剣精としての力を飛躍的に伸ばすことに成功したのだという。

——増した力に合わせ、われの姿も成長した。あるじさまには及ばぬが、なかなかの男ぶりであろう？

自慢げに肩をそびやかす仕草は以前もよくやっていた。

童形《どうぎょう》だと微笑ましいだけだが、美丈夫の姿だと花形役者のように嵌《は》まっている。錦絵《にしきえ》でも描かせたら、飛ぶように売れるだろう。

「ああ、見違えたぞ。それに頼もしくなった。お前が来てくれなかったら、玉兎に倒されていただろう。…改めて礼を言う。お前は俺の、命の恩人だ」

——……、……っ……。

真っ赤になった鬼讐丸は何故か宙でじたばたともがいていたが、金龍王丸に肩を叩かれ、しゃきんと背筋を伸ばした。

——守護刀として当然のことをしたまでじゃ。…それに、われが行くまであるじさまを守ってくれたのは金龍王丸どのじゃからな。

「そうだな。金龍王丸にも感謝している。あの玉兎相手に、よく折れずに戦ってくれた」

——恐悦至極《きょうえつしごく》に存じまする。

金龍王丸は珍しく口を開いたが、それきり黙ってしまった。同じく刀に宿る存在でありながら、こうも違うものなのかと驚かされる。

「…とにかく、お前が戻ってくれたのは心強い。玉兎を討つにはお前の力が必要不可欠だ。これからも金龍王丸と共に、俺を支えてくれ」

——任されよ!

胸を張る鬼讐丸の横で、金龍王丸も頭を下げる。その不思議な色合いの瞳が、鬼讐丸を気遣わしげに窺っているような気がする。

「…わ…、若…っ! よくご無事で……!」

かすかな疑問は、秘密の通路の出口である中奥《なかおく》の井戸から外に出た瞬間吹き飛んだ。壊れかけの鬼瓦《おにがわら》、もとい鬼瓦面《づら》を涙でぐちゃぐちゃにした門脇が待ち構えていたのだ。今回の作戦についてはもちろん教えてあるが、玉兎があんなことをしでかしては、さぞ気を揉《も》んだだろう。

「心配させてすまなかった、小兵衛《こへえ》。恵渡城はどうなっている?」

「奇妙なる笑い声が聞こえた後、雷が降り注ぎました。表と中奥は幸いにも無事だったのですが、大奥に幾筋《いくすじ》か落ちてしまい…」

「…何、大奥にだと?」

か弱い女子《おなご》たちが崩れた家屋に押し潰され、炎に巻かれて逃げ惑う最悪の事態が光彬の脳裏を過《よ》ぎる。しかし門脇の表情は明るかった。

「ご安心を。雷が落ちたのは長局《ながつぼね》に面した庭園で、人的な被害はございませぬ。長局に住まう奥女中たちの避難もすでに終わっております」

「それは重畳《ちょうじょう》だが…」

今、大奥を統《す》べる御台所《みだいどころ》たる純皓は不在である。総取締役の花島《はなじま》も未だ寝込んだままで、いったい誰が避難の音頭《おんど》を取ったのか。門脇の妻であり、純皓の側近《そっきん》でもある咲《さき》だろうか。

「いいえ、咲ではございませぬ」

「では誰が…」

「それはご自身でお確かめになるのが良いかと。それがしはその間に表へ赴き、裏賀奉行の使者に謁見《えっけん》の支度をさせておきますれば」

門脇に勧められるまま、光彬は大奥に向かおうとする。だが主君の帰還を目敏《めざと》く見付けた小《こ》姓《しょう》と小納戸《こなんど》たちが、光彬を取り囲んだ。

「上様、お召し替えを」

ずいと漆塗《うるしぬ》りの乱れ箱を差し出してきたのは小納戸頭取《とうどり》の甲斐田隼人《かいだはやと》だ。箱の中には火熨斗《ひのし》のきいた小袖《こそで》がきれいにたたまれてある。

「決してお時間は取らせませぬゆえ、どうか」

隣で袴《はかま》の入った箱を捧《ささ》げ持っているのは小姓番頭《ばんがしら》の山吹《やまぶき》だ。

光彬は目を丸くした。孫までありながら紅顔《こうがん》の美少年めいた山吹の美貌に…ではない。小納戸と小姓、共に将軍の身辺近くに侍《はべ》り、その寵愛《ちょうあい》を奪い合う関係から犬猿《けんえん》の仲である二人が仲良く並んでいるところを見かけることはめったに無い。

「…では、頼もうか」

大奥の後は裏賀奉行の使者との謁見が控えている。時間の余裕は無いのだが、縋《すが》るような眼差しの二人とその配下たちをむげには出来なかった。

普段は将軍のくつろぎの場に相応《ふさわ》しく穏やかな空気を纏った彼らがいつになく緊張しているのは、感じ取ってしまったからだろう。…どんな手段を用いてでも隆義の野望を阻止するという、光彬の決意を。

「はい……っ！」

隼人と山吹は同時に一礼し、配下たちに指示を飛ばしながら光彬の着ているものを脱がせていく。いつもなら脱ぐのも着るのも自分でやる光彬だが、今回ばかりは隼人たちの好きにさせてやった。

「上様……」

下帯《したおび》だけの姿になった光彬を、彼らは憧憬《どうけい》と痛ましさの入り混じった目で見上げる。

光彬の手足には細かな傷がいくつも刻まれ、腹と背中には痣《あざ》が浮かんでいた。玉兎との戦闘で負ったものだ。

鬼讐丸のおかげでだいぶましにはなったはずなのだが、光彬以外の将軍は基本的に城の外には出ないから、本来、彼らが満身創痍《まんしんそうい》の将軍を見ることは無い。叶うことなら光彬にもずっと恵渡城に居て、守られていて欲しいと願っているだろう。

「案ずるな。守るべき者が在る限り、俺は負けん」

「……う、……うぅっ、上様……」

「民の安寧《あんねい》を破らんとする者は、誰であろうと戦う。…戦って勝つ。だからそなたたちも、共に戦ってくれ」

「……戦いまする！」

真っ先に叫んだのは永井彦之進《ながいひこのしん》だった。周囲の朋輩《ほうばい》たちを見回し、ぐっと拳を握り締める。

「我ら小姓は戦場にて常に上様の傍《そば》に在り、御身《おんみ》をお守りする者。たとえこの身は離れていようと、心は常に上様のお傍にて戦いまする！」

「わ、我らも！」

「我らも戦いまする！」

小姓たちが応じ、小納戸たちも負けじと宣言する。彼らの上役《うわやく》二人は光彬に新しい小袖と袴を着付けていく手を決して休めないが、そのまなじりには光るものが滲んでいた。

「…隼人、山吹。そなたたちは良き配下を持ったな」

「はっ……」

「まことに……」

「そなたたちの心、この光彬、ありがたく受け取った。…城を頼むぞ」

着替えを終えた光彬が小さく頭を下げると、感極まった配下たちはいっせいに泣き崩れてしまった。彼らを隼人と山吹に任せ、光彬は今度こそ大奥へ向かう。

いつもなら無数の鈴が鳴らされ、将軍の御成《おな》りを賑々《にぎにぎ》しく迎える御鈴《おすず》廊下はしんと静まり返っていた。控えているのも取次役の奥女中一人だけだ。

彼女に案内されていった先は、御台所の居間である新御殿だった。

普段は純皓と咲しか居ない広々とした座敷には大勢の奥女中たちがひしめいている。不安そうに寄り集まる者、苛々と爪を噛む者、座り込んだまま動けない者と様々だが、取り乱して騒ぐ者は皆無だ。

「あに、……上様！」

彼女たちの隙間を縫《ぬ》って動き回っていた振袖《ふりそで》に袴姿の少女が光彬に気付き、ぱたぱたと走り寄ってきた。どこから見ても愛らしい少女だが、光彬の異母弟の鶴松《つるまつ》だ。

「鶴ま…」

「あーっ、あーっ、あーっ！」

鶴松、と呼びかけようとした光彬を、鶴松は大声でさえぎった。面食らう兄に素早くにじり寄り、両手を組み合わせて懇願《こんがん》する。

「ここでは鶴とお呼び下さい、上様」

「…何故《なにゆえ》？」

大奥は男子禁制だが、未だ七歳と幼い鶴松の出入りは許されている。しかもこの非常事態だ。

男子とばれたところでさほど問題にはならないはずだが。

「何故でも何でも、男子と露見《ろけん》したら私は死んでしまいます！」

「鶴、支度が整いましたよ。…あら？　そちらは、……上様⁉」

鶴松の背後からひょこりと現れた少女が驚愕に目を瞠《みは》る。

隆義の妹姫、桐姫だと理解するまで少し時間がかかった。大奥入りの際に対面した彼女は豪《ごう》奢《しゃ》な打掛《うちかけ》を纏い、きつめの化粧を施《ほどこ》したけばけばしい姫だったが、今は素顔に小袖という質素な装《よそお》いだったからだ。

「姫、このような時にかしこまらずとも構わん。皆も楽にしてくれ」

光彬が告げると、桐姫も、彼女につられてひざまずいていた奥女中たちも起き上がった。しかし将軍が同じ場所に居ては皆気が休まらないだろうということで、鶴松と桐姫だけを連れて次の間に移動する。そこには身軽な小袖にたすき掛けをした富貴子《ふきこ》と咲の姿もあった。

鶴松が現れるや、富貴子がさっと走り寄る。

「鶴…！　どこに行っていたのですか、探したのですよ」

「すま…、…すみません。ちょっと…」

「炊き出しの支度が整ったというので、手伝いに行っていたところですのよ。わたくしと鶴の二人で」

桐姫が鶴松をぎゅっと抱き締めた。

童女が人形を抱っこするような無邪気な仕草だが、なかなかに豊かな胸がちょうど鶴松の顔面に押し付けられている。そろそろ男女の違いを意識し始める年頃には何かとつらかろう。

「まあ。まさか志満津家の姫君ともあられるお方が、率先して御末《おすえ》の真似事をなさるなんて」

「わたくしも鶴も武家の女。奥を守るために戦うのが武家の女のたしなみですわ。雅《みやび》ごとにかまけてばかりの公家《くげ》のお方には、おわかりにならないかもしれませんが」

一見優雅に微笑み合う富貴子と桐姫の間に不可視《ふかし》の火花が散った。ぎゅうう、ときつく抱きすくめられた鶴松がもがいている。

……な、何が起きているのだ？

あぜんとする光彬に、咲が苦笑しながらこっそり教えてくれた。

「長局に雷が落ちた時、志満津家から来た奥女中も逃げ出してきたんですが、その中に桐姫様がいらっしゃらなくて。逃げ遅れていたら大変だって、鶴松様が助けに行かれたんですよ」

しばらくして桐姫は鶴松に手を引かれて出て来たのだが、いつものわがままはどこへやら、ずいぶんとしおらしくなっていたそうだ。恵渡者《えどもの》になど従わぬと強情な志満津家の奥女中たちを叱り付けておとなしくさせたばかりか、鶴松や富貴子と共に避難作業を買って出てたのだという。

「さすがあの左近衛少将《さこんえのしょうしょう》の妹姫というか、妙に押しが強くて、『お逃げなさい！』って言われると誰も逆らえないんですよね。おかげで避難もはかどりました。大奥ではこの御殿が一番堅《けん》牢《ろう》で火にも強いので、こちらに避難させたんですが……」

「いい判断だ。純皓もきっとそう言うだろう」

御台所のための御殿に奥女中が上がり込むのは本来許されないが、人命より優先すべき規則など無い。

……しかし、そうか。大奥の命が失われずに済んだのは、鶴松たちのおかげか。守られていた幼い者たちの成長に、まぶたの奥が熱くなる。

同時に少し愉快な気持ちにもなった。鶴松が男子だとばれるのをやたらと恐れていたのは、桐姫のせいだと気付いたのだ。

鶴松が少女だと思い込んでいるからこその、あの密着ぶりである。実は男子だとばれたら、誇り高い姫君をどれだけ怒りと羞恥《しゅうち》に震えさせることか。富貴子もそれを承知しているからこそ、鶴松と淡い恋心を交わす身でありながら黙っているしかない。

「あれほどの美少女に取り合われるとは、鶴松も隅には置けんな」

「……上様って、自分のことにはとことん鈍《にぶ》いくせに他人事《ひとごと》になると妙に鋭いですよね」

咲が何やらぼそりと呟いたが、富貴子と桐姫の言い合いのせいでよく聞こえなかった。聞き返す前に、ようやく光彬に気付いた富貴子がかしこまる。

「上様……！　お見苦しいところをご覧に入れてしまい、申し訳ございません」

「構わん。富貴子姫も桐姫たちも、よく皆を導いてくれたな。おかげで誰の命も失われなかったと聞いた。俺からも礼を言うぞ」

「もったいないお言葉にございます。御台所様がいらっしゃらない今、大奥を守るのはわらわたちの務めにございますれば」

頭を下げる富貴子の横で、桐姫がちらちらと光彬を窺っている。やがて鶴松に手を握られ、微笑まれると、意を決したように進み出た。

「上様。こたびの騒動には、我が兄…左近衛少将が絡んでいるのではありませぬか」

「…何故、そう思う」

「わたくしを大奥に送り込んですぐ、騒ぎが起きたからにございます。…兄は動乱の申し子のようなお方。泰平《たいへい》の世では息継ぎもままならぬお方です」

光彬は思い出した。隆義が藩主の座を継いだのは、前藩主である父親と、父親の大のお気に入りである異母弟が相次いで急死した後だったことを。

当時はまだ光彬の父親、先代将軍も異母兄たちも存命だったが、政《まつりごと》とは関係の無い光彬の耳にも噂は届いていた。隆義は正室腹《せいしつばら》の嫡男である自分より父親の寵愛を受ける異母弟を疎《うと》んじ、万が一にも跡継ぎの座を奪われまいと、父親ごと殺したのではないか――と。桐姫は幼い頃から、そんな異母兄を見詰めていたのだろう。

「もしも兄が騒動の首謀者であるのなら…、わたくしは……」

震える白い手が宙を頼りなくさまよう。

——あるじさま、この娘……。

鬼讐丸に指摘されるまでもない。光彬は桐姫の揺れる小袖の袂《たもと》を捕まえ、中に手を突っ込んだ。袂の底に隠されていた硬い感触を引き出してみれば、予想通り、それは美しい装飾を施された女物の懐剣《かいけん》だ。

「桐姫様……!?」

「何故、そのようなものを…」

鶴松と富貴子が相次いで悲鳴を上げる。桐姫の隠し武器に気付いていなかったのだろう。平然としているのは咲だけだ。

「自《みずか》ら命を絶ってはならんぞ」

「う…、…上、様…」

呆然と見開かれていた桐姫の瞳から、涙がこぼれた。顔の造りはまるで似ていないのに、あどけない童女《どうじょ》めいた表情は彼女の異母姉妹である郁《いく》姫に重なる。

隆義に人生を狂わされ、恋心をもてあそばれた末に命を散らされた。…そんな悲しい少女は、一人でたくさんだ。

「左近衛少将が何をしたとしても、そなたに関わりは無い。兄の罪はそなたの罪ではない」

「…ですが…、ですがわたくしは、志満津家の姫にございます……」

当主が罪を犯せば、一族郎党《いちぞくろうとう》にいたるまで連座《れんざ》させられるのが陽ノ本の常識だ。桐姫のような若い娘が命まで取られることは無いが、尼寺《あまでら》に送られ、死ぬまで兄の犯した罪を責められるよりは潔《いさぎよ》く自決《じけつ》しようと思い詰めるのも無理は無い。

「志満津家の姫でありながら、志満津家とは何の関わりも無い奥女中たちの避難を手伝ってくれたそうではないか」

「…そ…、それは鶴が…」

「鶴ま…、…鶴に誘われたからであっても、そなたのおかげで多くの命が救われたのもまた事実だ。……生きよ。死ぬよりも生きる方がつらく長い道だぞ。それにそなたが死ねば、鶴が悲しむ」

はっとした桐姫が恐る恐る振り向く。鶴松はべそをかきながら何度も頷き、目元を赤くした富貴子はふいっとそっぽを向いた。

「わっ…、わらわも、ほんの少しだけ寂しいかもしれませんわ。貴方《あなた》のように扱《しご》かれても扱かれてもめげない雑草のようなお方は、そうそういらっしゃいませんもの」

「……っ……」

「え、ええ、何故泣くんですの!?　……泣かないで。泣かないで下さいな……」

おろおろしながら富貴子は桐姫を抱き締める。おとなしくその腕の中に収まり、しゃくり上げる桐姫を見て、光彬は胸を撫で下ろした。鶴松と富貴子が傍に居る限り、桐姫が死のうと思うことは無いだろう。

「そちら、よろしければ私がお預かりしましょうか」

恭《うやうや》しく申し出た咲に桐姫の懐剣を手渡しつつ、光彬は軽く睨み付ける。

「…そなた、姫が懐剣を隠し持っていることに気付いていただろう。何故取り上げなかった」

「私より上様にやって頂いた方が、色々丸く収まるかと思いまして。…実際、そうなったでしょう?」

癪《しゃく》だがその通りなので何も言えない。

複雑な気持ちを持て余す光彬に、咲は笑顔で願い出た。

「私の献身ぶり、鬼……夫によおくお伝え下さいね。お前の妻はお前のために粉骨砕身《ふんこつさいしん》している、こんなによく出来た妻は見たことが無いって、絶対、絶対にお伝え下さいね」

「…う、うむ…」

咲の澄んだ瞳が爛々《らんらん》と輝いている。

愛《いと》しい純皓に劣らぬ美しい笑顔に何故かそら恐ろしいものを感じ、門脇の夫婦生活にいくばくかの不安を覚えた時だった。富貴子と鶴松に支えられた富貴子が震える唇を開いたのは。

「…どうか、お気を付け下さい。上様…」

「姫…?」

「わたくし、見たのです。佐津間から恵渡に渡る船の中で…、わたくしの荷に交じり、たくさんの大きな木箱が積み込まれているのを…」

好奇心にかられた桐姫は侍女の目を盗み、こっそり船倉《せんそう》に忍び込んで木箱を確かめたのだという。

中に入っていたのは、戦国の世にも使われていた火縄銃《ひなわじゅう》によく似た武器だった。幕府の目の届かぬ佐津間では未だに火縄銃を大量に保管しているため、桐姫も目撃する機会があったのだ。

「おそらく、兄上が南蛮から取り寄せた新しい武器だと思います。見張りの船員たちが話していたのですが、近い距離なら鉄の板すら撃ち抜くと…」

「何と…」

光彬の背筋を冷たい汗が伝い落ちた。

陽ノ本で作られる具足《ぐそく》は最も頑丈なものでも鉄製だ。船員の話が事実なら、その新しい銃を防ぐ手段は存在しないことになる。避けられればいいのだが、密集状態で撃たれればなすすべも無いだろう。

……いや。逆にこれは良き報せだ。

隆義が南蛮の最新武器を用意していると、事前に察知出来たのだから。思えば妹姫を執拗にあてがおうとしたのは、佐津間から南蛮の武器を運搬するためでもあったのだろう。大奥に上がる姫の荷物に交ぜれば、幕府役人の点検を逃れられる。

「良い情報をもらった。礼を言うぞ、姫」

「…わたくしこそ…、お役に立てて嬉しゅうございます」

いくぶん顔色の良くなった桐姫を鶴松たちに任せ、光彬は城表《しろおもて》に向かった。門脇が案内してくれた白書院《しろしょいん》には裏賀奉行からの使者と、裃《かみしも》に身を包んだ常盤主殿頭が控えている。

「そなた、何故ここに…」

玉兎に蹂躙《じゅうりん》され、家臣も殺されてしまった主殿頭の邸は混乱の最中のはずだ。主人不在では復旧もままならないだろうに。

主殿頭は疲労をおくびにも出さず、穏やかに微笑んだ。

「邸は愚息《ぐそく》と家臣に任せて参りました。今は陽ノ本の一大事、おめおめと我が家のみにかまけてなどおられませぬ」

「…そうか。そなたが居てくれれば心強い。頼むぞ」

一礼する主殿頭に頷き、光彬は上段に腰を下ろした。門脇に促《うなが》され、ずっと平伏していた使者が顔を上げる。

「早急に拝謁《はいえつ》が叶い、恐悦至極に存じまする」

「そなたこそ、このような状況で大事をよく報せてくれた。道中、危険は無かったか？」

「おかげ様にて。科川宿《しながわしゅく》では足止めされかけましたが、南町《みなみまち》奉行の小谷掃部頭《こたにかもんのかみ》様から格別のご配慮で替え馬と通行証を用意して頂き、予定よりも早く到着出来ました」

科川宿は東海道の第一宿。玉兎や隆義の逃亡経路になる可能性が高いため、信頼の置ける南町奉行である祐正《すけただ》に陣を張らせているのだが、思わぬところで功を奏した。光彬は忠実な臣下に心の中で礼を告げる。

「松波備中守の配下よりおおよその事情は聞いた。大砲を発射した南蛮船の乗組員は、葡萄牙王国と西班牙王国の者どものようだな。水と食料以外に、何か要求されなかったのか？」

「はい、他には何も。水と食料を運び込んだ後は大砲を撃つことも無く沖へ出航し、以降裏賀沖に姿を現してはおりませぬ。…もっとも私は三日前に裏賀を出立《しゅったつ》いたしましたゆえ、現在の状況は存じ上げませぬが」

「つまり今こうしている間にも、裏賀が再び砲撃にさらされているかもしれぬということですな。…玉兎のせいで恵渡が危機に陥っておるというのに、何とも時期の悪い…」

門脇は嘆くが、光彬にはそうは思えなかった。胸の中で嫌な予感が黒い靄《もや》のように立ち込めていく。それは主殿頭も同じのようだ。

「…偶然ではあるまい。むしろ玉兎がことを起こしたから、南蛮船も現れたと考えるべきでございましょう」

「俺もそう思っていた。玉兎と南蛮船、両者の背後に居るのは隆義だ。玉兎が動く頃合いを見計らい、南蛮船が裏賀に到着するよう指示していたのだろう」

「まさか…、…それでは南蛮船が目指しているのは…」

顔面蒼白になっていく門脇に、光彬は頷いた。

「そう。……恵渡湾以外に考えられん」

裏賀沖から恵渡湾までは、船足《ふなあし》の速い南蛮船なら数日もかからないだろう。すでに湾岸から視認出来ないぎりぎりの沖合に到着し、次の指示を待っている可能性が高い。

百五十年以上の長きにわたり平和を享受《きょうじゅ》し、外つ国の侵略を受けなかった陽ノ本には、海からの攻撃に対する備えがほとんど無い。四隻の南蛮船が恵渡の湾岸に接近して大砲を撃ちまくれば、恵渡の町は壊滅《かいめつ》させられる。

「……申し訳ございませぬ……っ！」

状況を理解した使者が、がばりと平伏した。

「水と食料を運んだ折、私は人足に化けて南蛮船に乗り込みました。あの時、何としてでも乗組員を討ち果たしていればこのようなことには…」

「それは違う。そなたが乗組員に手をかけていたら、残りの船が報復として裏賀の町に更なる攻撃を仕掛けただろう。そなたは裏賀を守り、貴重な情報を俺にもたらしてくれた。じゅうぶんすぎる働きだ」

「う…、上様……」

感極まって泣き出した使者を、門脇が配下に命じて別室に連れて行かせる。裏賀から恵渡までろくに休まず馬を走らせてきたのだ。少し休ませてやるべきだろう。

「先ほど大奥の桐姫から聞いたのだが…」

門脇が戻ると、光彬は隆義が運び込ませた南蛮の最新武器について話した。聞き終えた主殿頭は珍しく渋面《じゅうめん》になって腕を組み、門脇は怒りに震える拳を畳《たたみ》に打ち付ける。

「おのれ左近衛少将…！　卑《いや》しくも佐津間藩主の身でありながら、南蛮に国を売ったか！」

大砲を搭載した四隻もの南蛮船に、軍事機密であるはずの最新武器。隆義は葡萄牙王国と西班牙王国の全面的な支援を受けていると考えていい。

だが外つ国の全面的支援を受けて戦うということは、勝利のあかつきには彼らに陽ノ本の主導権のいくばくかを委《ゆだ》ねなければならないということだ。数多《あまた》の民を奴隷として連れ去るだけでは、もはや満足しないだろう。隆義にそれがわかっていないわけがない。

「精強《せいきょう》な佐津間の藩士が南蛮の武器で武装すれば、相当手強《てごわ》いでしょうな。彼らの本拠地は佐津間ゆえ、数だけなら幕府軍が勝りますが」

「我らの武器は刀に槍、弓がせいぜいにございます。距離を詰める間に、南蛮の銃でどれだけの兵が倒されることか…」

主殿頭が推測すれば、冷静さを取り戻した門脇が唇をゆがめる。二人の脳裏には南蛮の銃によって無惨に倒されていく兵の骸の山が浮かんでいるのだろう。

恵渡湾で息をひそめている南蛮船、彼らから隆義に渡った最新の武器。玉兎を抜きにしても状況は悪すぎる。

「…だがそれは、隆義にも言えることではないか？」

主殿頭と門脇の視線を浴びながら、光彬は分析する。

「麗皓という協力者を失い、和皓が玉兎に乗っ取られてしまった今、佐津間藩と朝廷の橋渡しをする者は居ない。取り逃しはしたものの、玉兎も深手を負っている。少なくとも今の玉兎には、恵渡じゅうに疫病をばら撒いたり、雷を落としたりするのは不可能だ」

――同感じゃ。われの刃を受けた者が、無事でいられるわけがない。

光彬にしか見えない鬼讐丸も同意する。

「南蛮船もかの国の武器も確かに大きな脅威だ。だが裏を返せば、もはや隆義は外つ国しか頼れぬということ」

「手負いの獣というわけでございますか。…厄介《やっかい》ですな」

太い眉を寄せる門脇だが、さっきよりも顔色は良くなっている。追い詰められているのは隆義も同じだと理解し、心に余裕が生まれたらしい。

「主殿頭。佐津間藩邸の様子は如何《いかが》だ？」

光彬が尋ねると、打てば響くように主殿頭は答えた。

「配下に監視させておりますが、今のところ沈黙を保っているようです。どこの門も固く閉ざし、人の出入りも無いとのこと」

「そうか…」

ならば隆義も藩邸に籠《こ》もっているのだろう。あの男のことだ。麗皓が生きては帰らないことも察していたはずである。

……あの男が、ただ巣穴に籠もって南蛮船を待つわけがない。

桐姫の言った通り、動乱の申し子のような男なのだ。何をなすにしても自ら先頭に立ち、がむしゃらに突き進む。

……だが、どこだ？　どこへ進もうとしている？

光彬は瞑目《めいもく》し、しばらくしてまぶたを開けた。急《せ》かすでもなく光彬の判断を待っていた臣下たちに告げる。

「主殿頭。いつでも出撃出来るよう、松波備中守に伝えよ。小兵衛は城表の者たちを束《たば》ね、城の防備を固めさせるのだ」

「ははっ！」

「俺はしばし城に留まり、報せを待つ」

死ねと言われるも同然の頼みを迷わず聞いてくれた愛しい妻が思い浮かぶ。玉兎の逃亡先として最も可能性が高いのは、和皓を庇護《ひご》していた隆義のもと――すなわち佐津間藩邸だ。純皓ならきっと、この混沌《こんとん》を照らす光を持ち帰ってくれるはず。

「……頼むぞ、純皓……」

臣下たちが去った後、光彬は渡り廊下から空を見上げて呟いた。

愛《いと》しい夫の声が聞こえた気がして、薄闇の中、純皓《すみひろ》はぴくりと眉を揺らした。主殿頭《とのものかみ》の邸《やしき》で別れた光彬《みつあき》は、とうに城に帰り着いたはずだ。

……もう少し待っていろ、光彬。必ず玉兎《ぎょくと》をお前のところに引きずっていってやる。

人の気配が遠ざかっていくのを感じ、純皓は細く襖《ふすま》を開いた。

長い廊下の奥を、浅葱色《あさぎいろ》の小袖《こそで》に袴《はかま》姿の藩士《はんし》が進んでいく。ちょうど純皓と同じくらいの背格好で、連れは居ない。

「…手ごろだな」

純皓はひそんでいた納戸《なんど》からするりと抜け出すと、足音もたてず藩士の背後に忍び寄った。ようやく気配を感じた藩士が叫ぶ前に当て身を喰らわせ、がくりと昏倒《こんとう》した身体を納戸に引きずり込む。

しばらくして再び納戸から出て来た純皓は、さっきの藩士から脱がせた小袖と袴を纏《まと》っていた。簡単な化粧も施《ほどこ》したから、どこにでも居る平凡な藩士にしか見えないはずだ。

……少し時間がかかっちまったが、これでようやく自由に動き回れる。

光彬と別れた後、純皓は『八虹《やこう》』の配下たちと合流し、玉兎の行方を追うよう命じた。そして単身、この佐津間《さつま》藩邸に忍び込んだのだ。傷付いた玉兎が逃げ込む先として、最も可能性が高かったからである。

むろん危険も最も大きいので、配下たちには引き止められたが振り切った。光彬は隆義《たかよし》の野望から陽ノ本《ひのもと》を守るために奮戦しているのだ。ともすれば全ての重荷を背負いこもうとする夫を少しでも楽に出来るのなら、この程度の危険、何と言うことはない。

佐津間藩邸に侵入すること自体は簡単だった。固く門を閉ざしてはいたが、門番も巡回の兵も居なかったからだ。

その理由は邸内に忍び込んですぐに判明した。ものものしい空気が漂う中、母屋《おもや》のいたるところで藩士たちが働きまわっていたのだ。邸の警備に当たるべき者たちまで集められたのだろう。その半数以上は戦装束《いくさしょうぞく》に身を包み、二刀を帯びていた。

いつもの任務なら天井裏か床下に隠れ、標的を探すのだが、純皓の鋭敏な感覚はそこにひそむ者たちの気配を感じ取った。たぶん志満津家に仕《つか》える忍びだ。外側ががら空《す》きな分、内側の守りは厚い。

同業者とも言える彼らを掻《か》いくぐるよりは藩士たちに紛《まぎ》れる方がいいと判断し、入れ替われそうな藩士を求めて納戸に身をひそめていた。

単独行動の藩士がなかなか見付からなかったので少々時間を喰ってしまったが、その甲斐《かい》はあった。すれ違う純皓を、藩士たちは誰も気にかけない。とはいえ誰何《すいか》されては面倒なので、なるべく人目につかないよう移動する。

戦装束の藩士たちの流れを追ううちに、純皓は中庭にたどり着いた。

そこには大量の木箱が積み上げられ、藩士たちが見張り番からめいめいの武器を受け取っていく。隣では炊き出しを行っており、握《にぎ》り飯《めし》や味噌汁《みそしる》が配られていた。まるで大戦を控えた戦陣だ。

純皓の目を引いたのは三尺《しゃく》（約九十センチ）ほどの長さの筒《つつ》状の武器だった。火縄銃《ひなわじゅう》に似ているから、おそらく銃だ。だが火縄は無い。

火縄銃の最大の弱点は弾込《たまご》めに時間がかかることと、火縄が濡れたら発射出来なくなることだ。あの銃がどちらの弱点も克服しているのなら、天候に左右されず、好きな時に弾を撃てるということになる。

……陽ノ本《ひのもと》であんなものが作れるわけがない。南蛮《なんばん》からの密輸品だな。

刀や槍《やり》では相手にもなるまい。唯一の救いは、せいぜい百挺《ちょう》程度しか見当たらないことか。南蛮本国でも高価な品だ。密輸で莫大な財を築いた佐津間藩でも、百挺揃えるのが限界だったのだろう。

単純な兵数なら幕府軍が圧倒する。用兵術《ようへいじゅつ》としては誉められたものではないが、人海戦術《じんかいせんじゅつ》で押し寄せれば、前線の兵が倒れていく間に銃の撃ち手を倒すのは可能である。

だがその程度のこと、隆義とて見通しているだろう。何か対策を立てているはずだ。何か…、強力な銃の撃ち手を守り切り、幕府軍を打ち破れるだけの何か…。

思考を巡らせながら、純皓は邸内を偵察していく。たとえ玉兎の発見に至らなくても、ここで見聞きした情報は必ず光彬の役に立つはずだ。

「…おい、そろそろ刻限だ。行かなくては」

「そうだな。遅れたら厳しいお叱りを受けてしまう」

中庭から母屋に上がった藩士たちが同じ方へ連れ立っていく。

規模の違いこそあれ、大名《だいみょう》屋敷の造りはどこも似たようなものだ。あの方向はたぶん大広間だろう。重要な行事にしか使われないはずの空間から、大勢の気配とざわめきが流れてくる。

……何かある。

純皓は直感したが、大広間に向かうのは戦装束の藩士ばかりだ。この服装では目立ってしまい、間諜《かんちょう》だと露見《ろけん》しかねない。しかし装束を奪う時間の余裕は無い。

つかの間の逡巡の後、純皓はひとけの無い廊下から天井裏に潜《もぐ》り込んだ。

志満津家の忍びに鉢合《はちあ》わせしたら呻《うめ》き声一つ上げさせずに始末するつもりだったが、幸いにもそれらしい気配は感じられなかった。大広間には大勢の藩士が集まっているので、他の警備が手薄な場所を警戒しているのかもしれない。

用心は怠《おこた》らず、抜き身の小刀を構えたまま天井裏をじりじりと這っていく。目的の場所を探り当てるのに苦労はしなかった。天井板を貫《つらぬ》くような熱気とざわめきが聞こえてきたからだ。

誰かが天井の純皓に勘付いた気配は無い。だが純皓は背筋が凍り付きそうなほどの寒気に襲われた。まるで寸鉄《すんてつ》一つ帯びず、野生の樋熊《ひぐま》の前にでも放り出されたかのような。

「――皆の者、よくぞ集まってくれた」

よく通る低い声が響いた瞬間、ざわめきはぴたりと治まった。

近くに空いていた節穴《ふしあな》を覗き込み、純皓は小刀の柄《つか》をぐっと握る。大広間の上段には隆義と――玉兎の姿があったのだ。神官を騙《かた》っていた頃と同じ口元まですっぽり覆い隠す頭巾《ずきん》をかぶっているが、間違えるわけがない。

隆義は甲冑《かっちゅう》を纏っていた。ただの甲冑ではない。戦国の世の末期に武将たちがこぞって身に着けた、南蛮鎧《よろい》と呼ばれる甲冑だ。

胴の部分が白銀色《しろがねいろ》の鋼鉄で出来ており、火縄銃程度なら弾き返してしまう強度を誇る。その分重量は格段にかさむので並の男なら身じろぎも叶わないが、隆義は威風堂々《いふうどうどう》と立ち、藩士たちの憧憬《どうけい》を一身に集めていた。

玉兎はその斜め後ろに無言で控えていた。真新しい狩衣《かりぎぬ》に着替え、触手も引っ込めてあるので人間にしか見えない。

……やはりここに逃げ込んでいたか。

頭巾から覗く凪《な》いだ瞳に、違和感を覚えずにはいられなかった。人の命を玩具《おもちゃ》のようにもてあそび、断末魔《だんまつま》の悲鳴すら嘲笑《ちょうしょう》する無邪気さと傲慢《ごうまん》さが今の玉兎からは感じられない。

『何故じゃ、何故じゃ、何故なのじゃあっ⁉』

光彬のもとに失われていた鬼讐丸《きしゅうまる》が戻った瞬間から、玉兎の様子はおかしかった。逃げ去ったのも深手を負ったからというよりは、何かに強い衝撃を受け、耐え切れずに姿を消したように見えたのだ。

……あの時、お前は何を見たんだ？

純皓の疑問に玉兎は答えない。代わりに隆義が訴える。固唾《かたず》をのむ藩士たちをまっすぐに見下ろして。

「当家に滞在されていた武家伝奏《ぶけてんそう》、紫藤麗皓《しとうつぐひろ》様が亡くなった。…否、殺された。あろうことか老中《ろうじゅう》、常盤《ときわ》主殿頭の手によって」

「な…っ、何と⁉」

「どういうことなのだ？　何故紫藤様が…」

藩士たちがどよめく。

長らく隆義の庇護《ひご》を受けてきた麗皓は、藩士たちにとって馴染み深い存在だった。あの美貌と公家《くげ》にしては気安い態度もあり、慕《した》われていたのだろう。新たな武家伝奏に就任した今は、幕府との争いの味方として認識されていたはずだ。

「皆も知っての通り、幕府は厚顔《こうがん》にも我らの要求のほとんどをはねつけた。そこで紫藤様は公正な判断を求め、再度交渉に赴《おもむ》かれたが、主殿頭は紫藤様を自邸に呼び出し……殺《あや》めたのだ」

一瞬の沈黙の後、怒号《どごう》が弾《はじ》けた。

「丸腰の公家を騙《だま》し討ちにするとは卑怯千万《せんばん》！」

「武士の風上にも置けぬ…しょせんは足軽からの成り上がりか！」

「卑怯者に報《むく》いを！　報いを！」

口々に叫ぶ藩士たちに、隆義はすっと掌《てのひら》を突き出した。大広間を揺らさんばかりの怒号は、潮が引くように静まっていく。

「…左様《さよう》、卑怯者には報いを受けさせなければならぬ」

静寂が訪れたのを見計らい、隆義はおもむろに口を開いた。

「されど真《まこと》に紫藤様を殺めようと企《たくら》んだのは誰だ？　卑怯者の主殿頭を重用《ちょうよう》し、背後から操っておるのは？」

「……上様だ」

小さく口走った藩士に一同の注目が集まる。

藩士は怯《おび》えたように肩を震わせたが、主君である隆義が責めないのに勇気を得たのか、口角《こうかく》から唾《つば》をまき散らす勢いで訴えた。

「我らの殿は上様の器《うつわ》と武威《ぶい》に感服《かんぷく》なされたからこそ、戦国の世から続く確執を乗り越えてでも妹姫を娶《めと》って頂きたいと願い出られた！　それを男子の御台所《みだいどころ》に入れ上げた末、殺害させたのは上様ではないか！」

「…そうだ！」

藩士の熱気にあてられたように、隣の藩士も賛同の声を上げる。

「上様は我ら外様《とざま》の…否、佐津間の血をどうあっても将軍家に迎え入れたくないのだ。だから交渉ごと打ち壊そうとして、紫藤様を殺めたのだ！」

「上様が紫藤様を殺したのだ！」

「そうだ！　そうだ！」

賛同の声は瞬《また》く間《た》に広まってゆき、苛立ちまぎれに畳《たたみ》を打ち付ける音があちこちで響く。だが、誰もが熱気に呑まれてしまったわけではない。

「…ま…、待て、お前たち…」

「そうだ、少しは落ち着け。万が一間違いであったら、我らは破滅ぞ」

息巻く朋輩《ほうばい》を必死に落ち着かせようとする者もちらほら存在する。

光彬を悪と決め付け、断罪しようとする者。幕府に隔意《かくい》を抱きつつも、反逆すればこちらが悪になってしまうと恐れ、止めようとする者。どちらにも付けず、ただ驚きうろたえながら様子見をする者。

それぞれの主張が交ざり合い、空気が混沌《こんとん》に染め上げられる瞬間こそ、隆義の待っていたものだった。

「上様の真意はこの私にもわからぬが、たった一つだけ確かな事実がある。愛する妹、郁《いく》を無《む》惨《ざん》に殺されながらも、私は可能な限り誠実に対応しようとした。…にもかかわらず幕府は我が志満津家の誠意を踏みにじった。一度のみならず、二度までも」

藩主の沈痛な面持ちに、誰もが項垂《うなだ》れる。その藩主こそが郁姫を殺させた張本人だと知る者は居ない。

「我が藩祖《はんそ》より続くこの屈辱は、もはや幕府を打ち倒すことでしか晴らせぬ。我らの手で幕府を倒し、上様…いや、七條《しちじょう》光彬の首を我が手で落とす。そしてこの私こそが陽ノ本を治める王となるのだ」

広間に満ちるどよめきを、隆義は両手を広げて受け止めた。南蛮鎧の上から羽織っていた紅《あか》天鵞絨《ビロード》の長合羽《ながかっぱ》が、鷹《たか》の羽のようにばさりとひるがえる。

……してやられたな。

純皓は噛み締めた口の奥に苦い味が広がっていくのを感じた。

隆義の狙いは最初からこれだったに違いない。己を被害者に仕立て上げ、藩士たちを扇動《せんどう》し、幕府を倒す大義名分を得る。そのためだけに数多《あまた》の犠牲を払ったのだ。

「…さ、されど殿、殿のお怒りはごもっともなれど、幕府軍は我らの数倍は控えておりまする」

「いかに南蛮銃が強力であろうと、数を頼んでかかられては…」

青ざめた何人かが次々と訴える。他の藩士たちと違い、隆義は彼らを臆病風に吹かれたと嘲笑はしなかった。

「心配は要《い》らぬ。我らには神のご加護《かご》があるのだから」

「……」

隆義の眼差しを受け、微動だにしなかった玉兎が無言で進み出る。

顔を覆う頭巾をゆっくり外した瞬間起こったどよめきは、今までとは質が違っていた。怒りでも驚きでもなく……畏敬《いけい》と羨望《せんぼう》だ。

「私はいと高きところに在《あ》り、そなたたちを見下ろす者」

冷たく告げる男がこの邸で好き放題をしていた紫藤和皓《かずひろ》だと、気付く者は居なかった。

身も心もたるみきったかつての和皓と、神の器にされた今の肉体では雀《すずめ》と孔雀《くじゃく》ほどに違う。神と言われても納得出来るだけの美しさと高貴さを備えている。

「そなたたちに我が加護を与えよう。その力をもって敵を打ち倒すがよい」

すっとかざされた玉兎の白い掌《てのひら》から、黄金の光が洪水《こうずい》のようにほとばしった。光は無数の珠と化し、おののく藩士たちの身体に吸い込まれていく。

「……！」

純皓は身震いした。…あの力には覚えがある。見た目はずいぶん神々《こうごう》しくなっているが、主殿頭の邸でさんざん喰らいそうになった黒煙と同じだ。

触れるだけで疫病《えきびょう》に侵《おか》される力。そんなものを体内に取り込んでしまったら…。

「……おお……、おおおおおお…っ…」

「身体に…、…力が、漲《みなぎ》ってゆく……」

「…熱い…、…身体が、が、ガアアアア……!?」

そこかしこで上がった歓声が悲鳴に移り変わり、悶《もだ》えていた藩士たちがばたばたと倒れてゆくのを、隆義はうろたえもせず見下ろしていた。やがて起き上がった藩士たちの顔から一切の表情が抜け落ちているのを確認し、玉兎に向かって満足そうに頷く。

「上々の出来だ。礼を言うぞ」

「そやつらは恐怖も苦痛も感じぬし、身体能力も限界まで上がっておるが、肉体そのものの造りはそのままじゃ。斬られれば死ぬぞ」

「構わん。重要なのは俺の命令を黙って聞くことだからな。こやつらを率いる指揮官たちは他に用意してあるから、戦場での統率にも困るまい」

藩士たちの身に何が起きたのか、純皓は理解した。郁姫を襲撃した新番組《しんばんぐみ》の番士《ばんし》たちと同様、頭に腫《は》れ物を作られたのだ。

恐怖も苦痛も感じない彼らを、隆義は盾として使うつもりなのだろう。自《みずか》ら動いて思考する肉の盾に守られていれば、南蛮銃の撃ち手の安全は保障される。強力な斉射《せいしゃ》を受け、総崩れになったところに攻め込まれたらどうなる？

……幕府の武器庫にあるのは時代遅れの火縄銃くらいだ。反撃も出来ず、撤退《てったい》するのが関の山だろうな。

広い平野ならともかく、道が狭く入り組んだ市街地では数的優位を活《い》かせない。各個撃破され、骸《むくろ》の山を築いていく幕府軍が純皓の脳裏を過《よ》ぎる。

……このことは、必ず光彬に伝えなければ。

地の利は幕府軍にある。正しい情報を伝え、常に佐津間軍の先手を取って布陣し続ければ互角以上に戦えるはずだ。光彬なら必ず純皓のもたらす情報を有効活用してくれる。

「…では、私は行くぞ。約定《やくじょう》は全て果たしたゆえな。もう会うことも無かろう」

「待て」

出て行こうとした玉兎を、隆義が呼びとめた。不満を隠そうともしない神に、突っ立ったままの藩士たちをしゃくってみせる。

「ついでにこやつらも連れて行け。門までで良い」

「それはそなたの役割であろうに」

「俺にはまだやらなくてはならないことがあるのでな」

玉兎は仕方無さそうに嘆息《たんそく》し、ひらりと手招きをした。去っていく玉兎の後を無表情な藩士たちがぞろぞろと追いかけていく。

……行ってしまう！

どうやら玉兎が隆義と行動を共にするのはここまでのようだ。すぐにでも後を追い、次の移動場所を突き止めなければならない。

わかっている。

わかっているのに——動けない。

「……そろそろ、顔を見せてくれても良いのではないか？」

くっ、と隆義は喉を鳴らした。

隆義の放つ濃厚な殺意が刃《やいば》となり、天井板一枚下から純皓を狙っている。下手に動けば急所を一撃で仕留められてしまうだろう。懸命に頭を巡らせても、この男を無視して逃げおおせる経路が見出《みいだ》せない。

「自分から顔を出すのが恥ずかしいのなら、こちらから行ってやろうか？」

ぶわ、と殺意が膨《ふく》れ上がる。冷たい刃にも似た何かが喉笛に食い込むのを感じ、純皓は天井板を踏み抜いた。

「ほう。……命拾いをしたな」

ふわりと目の前に着地した純皓を、隆義は面白そうに見下ろす。

その右手に握られた抜き身の槍が純皓の血の気《け》を奪った。もし自分から下りなければ天井板ごと貫《つらぬ》かれ、落とされていただろう。…もの言わぬ骸となって。

……何て男だ……。

対峙《たいじ》しているだけで全身が震えそうになる。人間離れした五感といい、身体能力といい、野生の樋熊が人間の姿に化けているようだ。人間のみならず神をも扇動し、野望の駒にする実行力まで備えているのだから始末に負えない。

改めて光彬の凄《すご》さを思い知る。武芸上覧《ぶげいじょうらん》ではよくもこの野獣とまともにやり合えたものだ。実際に刃を交えることは無くとも、武装した隆義と馬を並べるだけでも普通の人間なら失神しかねない。

隆義は無遠慮に純皓を眺め回し、短く命じた。

「拭《ふ》け」

「…何？」

「その顔、本来のものではあるまい？」

眼力まで人間離れしているらしい。呆れつつも、純皓は袖口《そでぐち》で顔の化粧を拭き取った。断るという選択肢は無い。逆らった瞬間、隆義は純皓の心の臓を貫くだろう。

純粋な戦闘能力において、純皓は光彬や隆義のような生まれながらの武人には遠く及ばない。勝ち目があるとすれば、死角から奇襲を仕掛けた時くらいだ。今は完全に勝機を逸《いっ》している。

「やはり麗皓の弟か。……似ているな」

「いつから気付いていた？」

「お前が麗皓の弟であることか？　それとも天井裏でこそこそしていたことか？」

「…両方だ」

ぐっと腹に力を入れて睨み返せば、隆義はこともなげに言い放った。

「どちらも、最初からだ」

では隆義は天井裏にひそむ純皓に気付いていながら、手の内をさらすような真似をしたというのか。再び喉笛に冷たい刃に似た感触が食い込んだ。純皓を放置していたのが、自らこうして仕留めるためだとしたら…。

「血の匂いがする。……麗皓を殺したのはお前だな」

暴力と殺意を練り固めたような双眸《そうぼう》に狂気の光が滲む。

その瞬間、喉笛の感触は消え去った。代わりに芽《め》生《ば》えるのは予感だ。

……この男、麗皓と関係を持っていたのか。

驚きはしなかった。麗皓のことだ。庇護の見返りに身体を求められれば、抵抗もせず応じただろう。それで佐津間藩主をたぶらかせるなら安いものだと、笑みすら浮かべて。

そこには打算しか存在しない。

しかし隆義は違ったのだ。本人も気付いていないかもしれないが、この双眸に滲む狂気は、光彬を思う時の純皓と同じ――。

「…だとしたら、どうする」

問い返しながら、純皓は全身に隠した暗器《あんき》の感触をたどる。正面から戦っても勝ち目は薄いが、おめおめとやられるつもりは無い。

「別に、どうもせん。ただ確認したのよ」

予想に反し、隆義はふんと鼻を鳴らしただけだった。合羽の隠しに手を入れ、何かを取り出す。

「これを上様に渡せ」

差し出されたのは、油紙に包まれた書状だった。読まなくても内容の想像はつく。わからないのは、何故隆義がこれを純皓に運ばせるのかということだ。

この男は武芸上覧で御台所の姿を見た。曲者《くせもの》が麗皓の弟であることも見抜いた。つまり純皓が御台所だと…光彬の弱点だと知っているはずなのだ。ここで純皓を殺すか捕らえるかしておけば、光彬に大きな打撃を与えられるのに。

「…何故、俺を逃がす」

「どのみちお前は早晩《そうばん》、幕府と共に滅ぶ定め。残り少ない命を有効に活用してやろうと思うただけよ」

不遜《ふそん》な言葉に偽りは感じられない。

純皓は書状を受け取ると、廊下側に大きく跳んだ。隆義なら一足飛びに詰められる距離だが、上段から動く気配は無い。

「――さっきの言葉、そのまま返す」

「……?」

「お前は早晩、光彬に…俺の夫に滅ぼされる定めだ」

答えを待たず、純皓は廊下に飛び出す。

背後で失笑が弾けたのは、角を曲がった後だった。脇目もふらず裏庭に出て、藩邸を囲む塀《へい》を乗り越えると、純皓はそっと己の首に手を当てる。

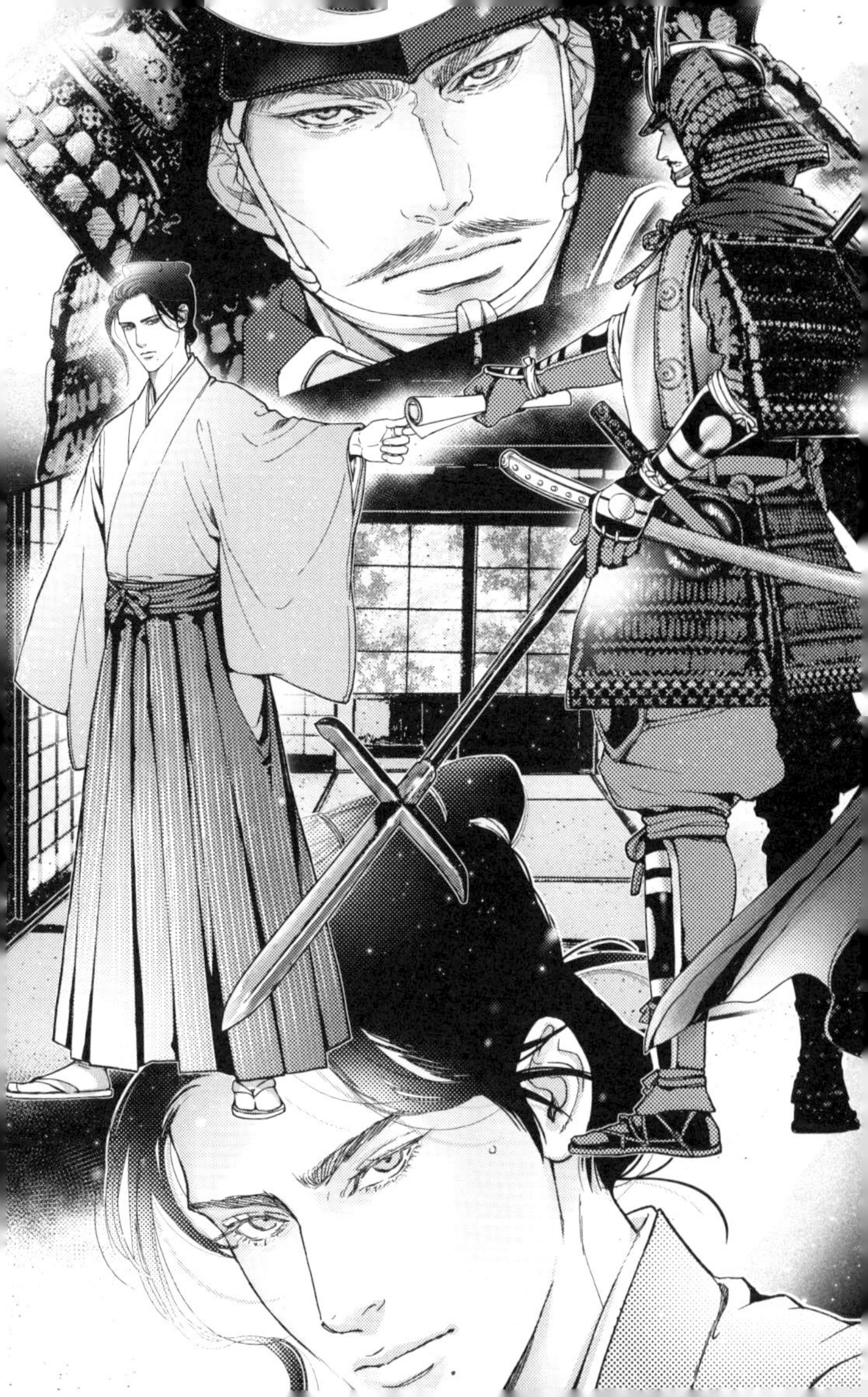

……死に神の刃の感触を味わったのは、初任務以来だったな。

口惜しいが、あの獣のような男を止められるのは光彬しか居ない。純皓は一路、夫の待つ恵《え》渡城《どじょう》を目指した。


裏賀奉行《うらがぶぎょう》の使者との対面から、半刻ほど後。

純皓が帰還したと報告があり、光彬は大奥に急いだ。普段共に過ごす座敷には奥女中たちが避難してきているため、御台所の衣装や道具類を収納してある大納戸《おおなんど》へ咲《さき》の手引きで入り込む。

「光彬……」

「っ…、純皓！」

咲を外の見張りに残し、薄暗く狭い空間に滑り込んだ瞬間、伸びてきた腕に引き寄せられる。肩口にぐりぐりと顔を押し付けてくる妻の身体は、小さく震えていた。まるで恐ろしい夢を見て目覚めた童《わらべ》のように。

「どうしたのだ、純皓。何があった」

「…人の姿をした獣に遭《あ》った」

「何……？」

光彬を抱いたまま、純皓は主殿頭の邸で別れてからの経緯《けいい》を話していく。純皓が佐津間藩邸に忍び込むところまでは予想通りだったが、戦陣さながらの邸内や百挺もの南蛮銃、隆義と玉兎との遭遇に話が至ると、光彬も純皓をきつく抱き返してしまう。

あの隆義と、正面から対峙するとは。

「…よくぞ、無事で帰ってくれた」

「帰ったというよりは、帰してもらったと言うべきだろうな。悔しいが、何をやっても勝てる気がしなかった」

光彬の温もりでだいぶ落ち着いたのか、純皓の震えは止まっていた。そっと身を離し、懐《ふところ》に仕舞っていた書状を光彬に手渡す。

「あの化け物からだ。内容は…だいたい察しがつくだろう?」

「ああ。…悲しいことにな」

光彬は油紙を外し、書状を広げた。内容は予想通り、幕府に対する宣戦布告だ。癖のある力強い手跡《しゅせき》は祐筆《ゆうひつ》ではなく、隆義のものだろう。

『……我が佐津間藩に対する幕府の暴虐非道《ぼうぎゃくひどう》、もはや許しがたい。よって我ら西海道《さいかいどう》諸藩は一致団結し、西海道諸藩軍、すなわち西軍《せいぐん》となりて横暴なる幕府を打ち倒さん。これより西軍は全力をもって恵渡の制圧に当たるゆえ、首を洗って待つが良かろう。なお、七條光彬が降伏すれば幕臣及び民の命は保障するが、しないのなら恵渡の町ごと蹂躙《じゅうりん》し尽くす旨《むね》警告する』

要旨だけを簡潔に纏《まと》めた隆義らしい文章の差出人は『西軍総大将、志満津隆義』となっていた。共に書状を読んでいた純皓がふっと唇を吊り上げる。

「西軍とはな。天下分け目の決戦の再現のつもりか」

「間違い無くそうだろうな」

約百五十年前の天下分け目の決戦において、陽ノ本の大名は東軍と西軍に分かれ、激しい戦いをくり広げた。神君光嘉公《しんくんみつよし》は東軍の総大将であり、隆義の祖先に当たる佐津間藩の藩祖は西軍に所属していた。

戦いは光嘉公率いる東軍が勝利を治めたが、決着の直前、佐津間藩の藩祖は光嘉公の本陣に奇襲を仕掛けた。光嘉公を守る護衛隊の決死の抵抗によって撤退《てったい》を余儀《よぎ》無くされたものの、もし奇襲が成功していたら志満津家こそが将軍家となっていたはずだ。

あと一歩のところで天下を逃した。その無念は志満津家のみならず、西海道諸藩の誰もが共有している。佐津間藩祖の直系たる隆義が西軍総大将を名乗り、幕府打倒を高らかに宣言すれば、こぞって呼応《こおう》するだろう。

ずん、と光彬の肩に重たいものがのしかかる。

「加えて玉兎に力を与えられた藩士たちと南蛮銃、そして南蛮船か。旧饒肥藩《じょうび》の調査も朝廷の御扱《おあつか》いも、全ては水面下で戦支度を進めるためだったのだろうな。我らは裏をかかれ続けたわけだ」

「…光彬。お前…」

「安心しろ。首を差し出そうとは思っておらん」

心配そうな顔から予測してみたら、当たっていたようだ。形のよい眉をぴくりと震わせる純皓に、光彬は苦笑する。

「俺がこの首を差し出せば、確かに他の命は失われずに済むかもしれん。だが俺に取って代わった隆義は、西軍以外の者を奴隷《どれい》のごとく扱うだろう」

「今まで幕府に手酷《てひど》く扱われてきた意趣返《いしゅがえ》しに、か。…そうだろうな」

「支配者側に回った西海道諸藩の者たちもまた、これまでの鬱憤《うっぷん》を晴らすため、罪の無い民を虐《しいた》げるに違いない。…人が生きるとは、ただ命をつなぐことのみに非《あら》ず。愛する者と支え合い、誇りを持って日々の営《いとな》みを紡《つむ》いでいくことだ。それを奪おうとする者に、この命をくれてやるわけにはいかん」

光彬は純皓の手を取り、指を絡めた。この温もりこそ、光彬の毎日を輝かせてくれているのだ。陰に日向《ひなた》に支えてくれる臣下、恵渡に生きる人々のおかげで光彬は将軍として生きていられる。

「約束する。俺は決して、お前を置いては逝《い》かん」

「…っ…、光彬…」

まあそれ以前に、民のため首を差し出すなどと宣言した瞬間、どこかにさらわれて閉じ込められそうな気がするが。

握り締めた光彬の手を口元に引き寄せ、純皓は指先に紅《あか》い舌を這わせた。

「万が一お前が民のために死ぬなんて言い出したら、さらってやろうと思っていた」

「…当たっていたか」

「まあ、俺以外にもお前をさらっちまいそうな奴らは山ほど居そうだがな」

苦笑めいた純皓の眼差しが納戸の外に投げかけられる。わがまま放題だった桐姫《きり》の変貌ぶりや、女装した鶴松《つるまつ》と富貴子《ふきこ》の意外な活躍を、純皓も目《ま》の当たりにしたのだろう。

「桐姫が言っていた。恵渡に渡る船の中で、南蛮の銃らしきものが積まれているのを見たと」

「…おそらく、さっき俺が藩邸で見たのと同じものだろうな。桐姫の荷に紛《まぎ》れて藩邸に運び込まれたんだ」

二人は顔を見合わせ、同時に溜息を吐いた。つまり佐津間藩士たちには、最新の銃の取り扱いを学ぶ時間があったということだ。玉兎の力を授《さず》かった撃ち手は完璧に銃を使いこなし、幕府軍に出血を強《し》いるだろう。

しかも西海道諸藩を束《たば》ねることで、幕府軍との数の差も縮まった。さすがに互角とまではいかないだろうが、幕府軍は人海戦術で押し切る策を使えなくなった。優勢に立っている地の利も、これでは活かせるかどうか…。

「光彬……、……っ!?」

純皓が気遣わしげに光彬の肩を抱こうとした瞬間、どんっ、と大気が鳴動《めいどう》した。

まさかまた玉兎が雷を落としたのか。光彬は純皓と共に渡り廊下に飛び出すが、空は雲一つ無く晴れ渡っている。見渡した限り、玉兎らしい姿も浮かんでいない。

どん、どんっ！

再び空気が振動し、新御殿の方から奥女中たちのかん高い悲鳴が聞こえてきた。…これは自然現象などではない。実際に耳にするのは初めてだが、おそらく…。

「…大砲、か」

裏賀に姿を現した後、行方をくらませていた南蛮船。今、陽ノ本で大砲を撃てるのは、あの船しか存在しない。

純皓がぎりっと唇を噛んだ。

「あの化け物のお出ましに合わせて、撃ってきたってわけか。ただの賑《にぎ》やかしじゃないな」

「ああ。…我ら幕府、そして恵渡に住まう者全てに対する脅しだろう」

たとえ恵渡市中に出撃した西軍を制圧したとしても、南蛮船が…葡萄牙《ポルトガル》王国と西班牙《スペイン》王国の海軍が海に控えている。隆義が合図を送れば、彼らは迷わず上陸して民を蹂躙《じゅうりん》するだろう。陸にも海にも逃げ場は無いと、隆義は大砲の轟音《ごうおん》で知らしめているのである。

「…上様、上様！」

ぱたぱたと廊下を駆けてきたのは咲だ。

「私の鬼瓦《おにがわら》が御鈴《おすず》廊下まで参りました。ただちに城表《しろおもて》へお戻り願いたいとのことです！」

「小兵衛《こへえ》が？」

用件はまず間違い無く、この砲撃音についてだろう。今頃城表も蜂《はち》の巣をつついたような騒ぎになっているはずだ。

「…わかった。すぐに行くゆえ、恵渡湾に物見を出すよう伝えてくれ。砲撃音の正体を確かめるのだ」

「はいっ！」

咲が駆け去ると、光彬は純皓に向き直る。

「純皓。お前は身支度を整え、厩舎《きゅうしゃ》で待っていてくれ。小兵衛たちに指示を出し終えたらすぐに向かう」

「…厩舎だと？」

「なるべく目立たない馬を見繕《みつくろ》い、出立《しゅったつ》出来るようにしておいて欲しい。…行かなければならない場所があるのだ」

純皓はじっと光彬を見詰めていたが、やがて諦めたように息を吐いた。

「わかった。だが、後できちんと説明してもらうぞ」

「承知している。こんなことはお前にしか頼めんのだ。…すまん」

「…っ…、お前…、こんな時にそういう可愛いことを言うかよ…」

何も出来ないじゃねえかとぼやきながらも、純皓の行動は早かった。大納戸に引っ込んだかと思えば、すぐに町中でも目立たない小袖と袴に着替えて出てくる。

「後で会おう」

純皓にしばしの別れを告げ、光彬は城表に急行する。廊下を渡る間、遠くからかすかに鬨《とき》の声が聞こえてきた。どうやら西軍は出陣したようだ。もはや一刻の猶予《ゆうよ》も無い。

門脇の待つ白書院《しろしょいん》には、主殿頭と松波備中守《まつなみびっちゅうのかみ》の姿もあった。備中守は具足《ぐそく》を装着し、あとは兜《かぶと》さえかぶればいつでも出陣出来る格好だ。光彬が現れるや、草摺《くさずり》をがしゃりと鳴らしながらひざまずく。

「上様。書院番組《しょいんばんぐみ》、新番組、大番組、小十人組《こじゅうにんぐみ》、先手組《さきてぐみ》、ご命令に従い出撃の準備を整えており申す」

「大儀《たいぎ》であった。さっそくだが、すぐにでも出陣させよ。…恵渡を守らなければならぬ」

光彬は隆義からの書状を渡した。一読した備中守は怒りに両目を燃え上がらせる。

「承知いたしました。上様に盾突く愚《おろ》か者どもに、正義の鉄槌《てっつい》を下《くだ》してご覧に入れ申す」

「頼んだ。大砲は俺が何とかするゆえ、民の命を最優先で守って欲しい」

「ははっ！」

備中守は隣に居た主殿頭に書状を押し付け、足音も荒々しく退出していった。彼の怒りは書状を読んだ主殿頭、そして門脇へと伝染していく。

「おのれ左近衛少将《さこんえのしょうしょう》…、とうとう乱心《らんしん》したか……！」

「落ち着かれよ。どのみちこうなることは、薄々察していたであろう」

たしなめる主殿頭も、真っ赤になった門脇と違って見た目こそ冷静だが、いつもは理知的な瞳の奥に瞋恚《しんに》の炎をちらつかせている。

「小兵衛。恵渡湾に物見は遣わせたか？」

光彬が問うと、門脇ははっとしてかしこまった。

「仰《おお》せに従い、先ほど出立させましたが、今少し時間がかかるものかと」

「その者が戻るまで断定は禁物だが、砲撃の正体は十中八九、裏賀沖で目撃されたのと同じ南蛮船だろう。西軍には自分たちが味方していると我らや民に思い知らせるため、大砲を撃ったのだ」

「…あるいは、我らに決断を迫《せま》るためでもあるのでしょうな。本格的な攻撃が始まる前に上様の御首を差し出せば、命だけは助かるのだと」

分析する主殿頭に、「主殿頭、何を言っているのだ⁉」と門脇が口角から泡を飛ばす。今にも摑みかかりそうな乳兄弟を、光彬は頭を振って制止した。

「冷静になれ、小兵衛。主殿頭は事実を述《の》べたまでだ」

「しかし若…っ、畏《おそ》れ多くも幕府に反逆したばかりか、若の、…上様の首を要求するとは、武士のすることではございませぬ！」

「もはや武士のつもりなど無いのだろう。隆義はおそらく……陽ノ本の王になろうとしているのだ」

形式上、将軍は帝から征夷《せいい》大将軍という位を授《さず》かり、陽ノ本を統治している。将軍は位を授かることで権威を得、朝廷は幕府の庇護を受けてきた。両者は持ちつ持たれつの関係であったのだ。

だが南蛮の圧倒的な火力と玉兎の協力を手にした隆義は、もはや朝廷の権威など必要としない。逆らう者は砲撃の的になるだけだ。幕府を倒し、朝廷も潰し、野望のまま突き進む。それは武家の棟梁《とうりょう》として民を守る将軍ではなく、全ての道理をねじ伏せ屍《しかばね》の山に君臨する者…覇王《はおう》と呼ぶべきだろう。

「…陽ノ本の…、王……」

門脇がごくりと唾《つば》を飲む。大砲に崩壊させられた町を想像してしまったのか、怒りに染まっていた顔から血の気が引いていった。

「案ずるな。そのようなこと、俺が決して許さん」

「…若…、ですが我らには南蛮船に対抗する手段がございませぬ。市中に展開した西軍にも、太刀打ち出来るかどうか…」

「手段はある」

断言した光彬に、門脇と主殿頭の驚愕の視線が突き刺さる。

「今は全てを説明している時間が無いが、俺に任せてくれれば西軍の力を大幅に削《そ》いでみせる。

お前たちはその間、城と町を死守して欲しい。……頼む」

非常識なことを言っている自覚はある。主殿頭の邸で罠《わな》を張るだけでも、門脇にはさんざん反対されたのだ。南蛮船が湾岸に接近し、恵渡が未曽《みぞ》有の危機にさらされた今、幕府の総大将である光彬は恵渡城で全軍の指揮を執《と》るべきなのである。

……だが、あいつを止められるのは俺しか居ない。

じっと見詰めることしばし。先に折れたのは、意外にも門脇だった。

「…存分に働かれませ。若の留守をお守りするのは、それがしの務めにござる」

「門脇っ…」

「思い出されよ、主殿頭。上様は常に先頭に立ち、我らの道を切り拓《ひら》いてこられた。ならば我らは上様の背中をお守りするのみ」

主殿頭はじっと考えを巡らせていたようだが、やがて全身に気迫を漲らせた。

「私もかつては彦十郎《ひこじゅうろう》と共に刃を振るった身。上様がお戻りになるまで、必ずや城と町を守り抜いてみせまする」

「二人とも……礼を言う。俺が進み続けられるのは、皆が在《あ》ってこそだ」

光彬は目の奥がつんとするのを感じながら立ち上がり、鬼讐丸を腰に差した。中奥《なかおく》に向かう前にふと思い出し、門脇に耳打ちする。

「咲は大奥でよく働いてくれている。いい妻を持ったな」

「ぴっ……!?」

ぴぎゃあああああ、と叫びそうになる門脇の口を、主殿頭が横からすかさずふさぐ。

「ご武運をお祈りしております、上様」

「むぐ、ぐ、むぐぅぅぅぅ」

正直、門脇が何を言っているのかはわからなかったが、主殿頭と同じく武運を祈ってくれているのだろう。『咲怖い』と聞こえたのはきっと気のせいだ。

頼もしい臣下に後を任せ、光彬は純皓のもとに向かった。


厩舎ではすでに二頭の馬が引き出され、馬具《ばぐ》を装着されていた。一頭は光彬の注文通りありふれた鹿毛《かげ》の牡馬《ぼば》だが、もう一頭は雪のごとき純白の毛並を誇る牝馬《ひんば》だ。選《え》りすぐりの良馬のみが揃えられた将軍の厩舎でも、そんな馬は一頭しか居ない。

「せ…、雪華《せっか》? 何故お前が……」

「ヒヒンッ!」

短くいななき、雪華はなだめようとする馬丁《ばてい》を振り切って光彬に擦《す》り寄った。澄んだ大きな瞳に見詰められると、まるで浮気を責められる不実な夫のような気分になる。

「最初は別の栗毛《くりげ》にしようと思ったんだがな。その女王様が男どもを蹴散《けち》らしながらお出ましになり、自分を連れて行けと言ってきかなかったんだ」

肩をすくめる純皓の背後で、残りの馬たちが厩舎の窓から恐る恐る顔を覗かせている。雪華が『鬱陶《うっとう》しい！』とばかりに睨み付けると、ひゅんっと厩舎に引っ込んだ。この分では他の馬は使い物になるまい。

「こうなったら、その女王様に乗って行くしかないだろうな」

「…純皓、だが…」

「この状況だ。多少目立っても誰も気に留めないさ。…それに、女王様も女の勘で感じ取ったんだろう。今こそ主人を支える時だと」

純皓の言葉を肯定するように、雪華は頭を上下させる。手入れの行き届いた純白のたてがみを、光彬はそっと撫でた。

「…そうか。お前も俺を助けてくれるのか」

「ヒン、ヒンッ！」

「ありがたい。…お前はまこと、心優しき女子《おなご》だな」

澄んだ瞳に歓喜がほとばしる。光彬は鐙《あぶみ》に足をかけ、愛馬の背にまたがった。光彬以外が触れようものなら怒り狂い、容赦《ようしゃ》無く振り落とす誇り高い女王は、主人を乗せて満足そうに鼻を鳴らす。

「よし。…では行くか」

鹿毛の馬に乗った純皓が、ちらりと光彬の背中に目をやった。そこには左肩から柄《つか》が出る格好で、光彬のもう一本の刀…金龍王丸《きんりゅうおうまる》がくくり付けられている。

「どうしたんだ、それは」

「いや…、城の一大事ゆえ置いて行こうとしたのだが…」

——ご主君《しゅくん》。私もお連れ下さい。

厩舎に向かおうとした光彬の前に珍しく金龍王丸が姿を現し、頭を下げたのだ。金龍王丸は神君光嘉公より伝わる重代《じゅうだい》の家宝にして、恵渡城の守りである。生きて帰れるかもわからぬ道行きに伴《ともな》うべきではない。

——われからも頼む。金龍王丸どのを連れて行ってくれ。

だが鬼讐丸までが神妙な表情でそう口添えしてきたことから、金龍王丸も連れて行くことに決めたのだ。

「そういうことだったのか…」

純皓はすっと視線を光彬の腰に差された鬼讐丸に移し、小さく頷く。

「いいと思うぜ。男も女も戦ってるんだ。刀が城の奥に仕舞い込まれてるんじゃ、面目《めんぼく》丸つぶれだろうからな」

「そうだな。…お前たちも頼むぞ」

光彬は金龍王丸と鬼讐丸の柄にそれぞれ触れる。二人の剣精《けんせい》は姿を現さなかったが、力強い同意が伝わってきた。

馬を並べて進み始めるとすぐに純皓が尋ねてくる。

「…それで、そろそろ教えてくれるんだろう？　俺たちはどこへ向かおうとしているのか」

「玉兎のところだ。理由は…言わずともわかるだろう？」

佐津間の兵は玉兎によって身体能力を飛躍的に強化され、恐怖も苦痛も感じない無敵の兵と化している。だが玉兎を討ち果たせば彼らは力の根源を失い、元の人間に戻るだろう。そうなったら数と地の利に勝《まさ》る幕府軍の勝ち目は高まる。隆義が玉兎の協力を仰《あお》いだのは、寡兵《かへい》の不利を補うためなのだから。

「もちろんわかるが…どうやって玉兎を捜すつもりだ？　佐津間藩邸にはさすがにもう居ないはずだぞ」

「捜すまでもない。居場所の目星はついているからな」

玉兎が佐津間藩邸に現れたのは、隆義との約定を果たすためだ。

だが鬼讐丸によって負わされた傷は、神といえどもそう短時間で癒《い》やせるものではない。どこかに身をひそめる必要がある。傷付いた神が逃げ込める場所を、光彬は一つだけ知っている。

…いや、思い出したと言うべきかもしれない。

「……どういうことだ？」

「まずはこれを読んでくれ」

いぶかしむ純皓に渡したのは、元助《げんすけ》から受け取った虎太郎《こたろう》の文だ。純皓は片手で器用に手綱《たづな》を操りながら一読し、溜息を吐く。

「神のくせに駄々っ子か。何年も前の話を、虎太郎もよく覚えていたものだ」

「おかげで思い出したのだ。幼い頃、お祖父様と一緒に邸の近くのほこらに詣《もう》でたことを」

ほこらと言っても立派なものではない。人々が訪れなくなって久しい、小さなさびれたほこらだ。祖父によれば数十年前、恵渡を疱瘡《ほうそう》と呼ばれる恐ろしい流行病《はやりやまい》が襲った時、病を神に見立てて作られたのだという。

流行病が治まり、人々がほこらの存在ごと忘れてしまっても、祖父はたびたび詣で続けていた。神仏のたぐいに縋《すが》る人ではなかったから、珍しいこともあるものだと思っていたのだが、もしもあのほこらに祀《まつ》られていた神が玉兎だったとしたら。

人の勝手によって生まれた憐れで幼い神を、彦十郎が見捨てられなかったのだとしたら。

「…神は信仰によって生まれるもの。たった一人自分を信じ、生かしてくれた存在に執着するのは当然か」

「お祖父様と玉兎の正確な始まりがいつだったのかは知らない。たぶん虎太郎も知らないだろう。だが二人の間には俺たちが思う以上に濃密な関係が築かれていったのだ。…人の定めを曲げてまでこの世に留めたいと、神に願わせるほどの」

病とも死とも無縁の身となり、神の眷属《けんぞく》として永遠に生き続ける。寿命に縛られる者なら魅了されずにはいられない誘いを毅然《きぜん》とはねのけ、彦十郎は死んだ。いかにも祖父らしいと光彬は思う。しかし玉兎は違ったのだ。

「なるほど。つまり玉兎が逃げ込んだのは……」

「……お祖父様と出逢った、あのほこらだ。あそこしか考えられない」

傷を癒やすのなら、警護の厚い佐津間藩邸が最適である。去ったと見せかけて、戻った可能性もあるだろう。

だが光彬の頭には、古びたほこらの中で丸まる玉兎の姿しか思い浮かばなかった。新入り小姓《こしょう》の織之助《おりのすけ》、奥女中の岩井《いわい》、そして和皓。これまで玉兎が器として使ってきたのはみな成人だが、玉兎自身はおそらく…。

「俺もそう思う。…お前の祖父君の邸はどこだ？」

「両國橋《りょうごくばし》の向こう側だ」

両國橋は恵渡の西と東を結ぶ大橋だ。橋の東側の品所《ほんじょ》は四代将軍の御代《みよ》、恵渡が急速に発展するのに伴い、不足していた居住地を確保するために開発された地区である。恵渡城から遠く離れた一帯は高禄《こうろく》の武士や内証《ないしょう》の豊かな商人からは疎《うと》まれるため、住まうのは貧乏な御家人《ごけにん》や町人ばかりだ。

無役《むやく》の御家人であった彦十郎も、品所に邸を構えていた。娘のおゆきが将軍の子を産んだため、恵渡城近くの広い邸へ移り住むようさんざん幕府から勧められたのだが、頑《がん》として断った。

大奥のいじめに耐えかねたおゆきが光彬を連れて帰った際も、傷《いた》んだ部分を修繕したくらいで、同じ質素な邸に住み続けていたのである。…息を引き取るまで、ずっと。

「両國橋の向こう側なら、歩きじゃ半刻《はんとき》はかかる。だから馬ってわけか」

「それに馬であれば、途中で西軍に追われても振り切れる。…頼むぞ、雪華」

光彬が白い首を撫でると、雪華は任せておけとばかりにいないた。純皓のまたがる鹿毛までもが気合いじゅうぶんに続く。美しき純白の女王に同道《どうどう》を許され、張り切っているようだ。

そうして二騎が降りた町に、町人の姿は無かった。元助は虎太郎にしっかり伝言を伝えてくれたらしい。皆、家の中で息をひそめているのだろう。

「…西軍だ！　潰せ！」

「南蛮銃の撃ち手から先に倒すのだ！」

だが代わりに、武装した幕府軍と西軍があちこちで衝突していた。

大軍の利を活かすには大通りにおびき出して叩くのが最上の手なのだが、西軍には南蛮銃の撃ち手が交じっている。細い路地に隠れて射撃する彼らを倒すには、幕府軍も前進しなければならない。それを玉兎に強化された兵が食い止めているうちに撃ち手は次の弾を放つ。

ダン、ダーンッ！

「ぎゃあああっ！」

「…む、…無念…っ…！」

ずんと重い銃声が響くたび、幕府軍の兵はばたばたと倒れていく。だが幕府軍もただ黙ってやられはしない。

「…怯《ひる》むな！　我らは神君光嘉公をお守りせし武士《もののふ》の末裔《まつえい》ぞ！」

「祖父の骸を、父の骸を、朋輩の骸を踏み越え、上様に仇《あだ》なす賊を討て！」

残った兵は互いを鼓舞《こぶ》し合い、撃たれた仲間の骸を踏み越えながら突進する。玉兎に強化されていても、肉体は人間のままだ。激しく斬り結んだ末、撃ち手もろとも討ち取られた。

町のそこかしこでくり広げられる乱戦は、幕府軍がやや押しているように見える。

しかしその優勢も前線で戦う兵が南蛮銃に倒されるたび少しずつ揺らぎ、いずれ逆転するのだろう。

「っ……」

「――光彬」

拳を握り締める光彬に、純皓が厳しい表情で首を振ってみせる。

…そう、わかっているのだ。光彬一人が加勢したとて、戦の大局に何の影響も無い。幕府の兵を助けるためにも、玉兎を討つことを最優先にしなければならないのだと。だがそれまでに何人の命が失われることか。

――あるじさま。

ふわり、と鬼讐丸が姿を現した。直垂《ひたたれ》の袂《たもと》を勝利の御旗《みはた》のごとくたなびかせながら、大通りの奥を指差してみせる。その横顔はどこか誇らしげであった。

――来るぞ。味方じゃ。

「…味方…?」

主殿頭か門脇が加勢を送り込んでくれたのか。光彬の予想は外れた。

鬼讐丸の指し示した方角から土煙を蹴立《けた》てて現れたのは、幕府軍に支給されたのとは別の甲冑を装着した武士の一団だ。通りを埋め尽くさんばかりの彼らの旗指物《はたさしもの》に染め抜かれている家紋は丸に三つ柏《がしわ》、剣片喰《けんかたばみ》、沢瀉《おもだか》、隅切《すみき》り唐花《からはな》など、恵渡に在府《ざいふ》する諸大名のものである。

「芝田《しばた》藩、義によって推参《すいざん》!」

「傘間《かさま》藩、上様にお味方いたす!」

「立林《たてばやし》藩、今こそ我らが武勇を上様のご覧に入れん!」

「我も!」

「我も我も!」

勇ましく名乗りを上げながら、彼らは一本の矢のごとく西軍に殺到する。

前方には幕府軍、後方には突如現れた諸藩の軍。逃げ場の無い西軍部隊は、虎の子の撃ち手を守る格好で集結した。

「貴様ら…っ…、我らが殿の御諚《ごじょう》を聞かなんだのか!?」

部隊長らしい西軍の兵が諸藩軍を血走った目で睨み付けた。彼らのような指揮官は玉兎の加護を受けず、自我を保っているのだろう。

とん、と槍の石突《いしづき》を地面に打ち付け、呵々《かか》と笑うのは九曜紋《くようもん》の旗指物を背負った壮年の武士だ。

「殿の御諚とは、法外な金子《きんす》をくれてやるゆえわれに尻尾を振れという田舎武士の戯言《ざれごと》か？」

「な…っ、ぶ、無礼なっ……」

「…無礼者はどちらじゃっ!?」

九曜紋の武士が雷鳴のごとく怒鳴り付けた。鍛《きた》え抜かれた全身からほとばしる殺気に、部隊長はひくりと喉をうごめかせる。

「我ら諸藩は上様に忠誠を尽くす者。金剛《こんごう》よりも堅固かつ崇高《すうこう》なる我らが忠義、金子ごときで売り渡すと思うたか!?」

「左様、左様！」

「誇り高き上様の臣下が、賊軍になど加担《かたん》出来るものか！」

周囲の諸藩兵も気炎《えきん》を吐き、西軍に襲いかかった。撃ち手は慌てて発砲するが、呼応した幕府軍に背後を取られ、あえなく討ち取られてしまう。

「…出陣の前に、隆義は西海道以外の諸藩にも味方するよう密書を送っていたんだろうな。莫大な金子と、謀反《むほん》成功後の地位でも餌《えさ》にちらつかせて」

純皓の呟きには、驚愕が滲んでいた。

「だが諸藩はなびかなかった。それどころか怒り狂い、西軍を倒すために武器を取った…」

光彬の胸の奥に、熱いものが広がってゆく。

参勤交代で恵渡に在府しているだけの諸藩に、恵渡防衛のための兵を出す義務は無い。恵渡はあくまで将軍のお膝元なのだ。だから光彬も主殿頭も、諸藩に声をかけたりはしなかった。彼らはそれぞれの藩邸に籠もり、中立を保ってくれさえすればいいと考えていたのだ。

でも、これは。

「上様の勇姿を末代《まつだい》まで語り継ぐためにも、西海道の田舎武士一味を打ち倒すのだ！」

「鉄砲ごときで、我らが闘志を打ち砕けるものか！」

「進め！　進め――っ！」

とりどりの旗指物をたなびかせた諸藩の兵たちが幕府軍と手を組み、西軍に立ち向かっていく、この光景は……。

「…お前が彼らを奮《ふる》い立たせたんだ、光彬」

純皓が馬上から光彬の肩を叩いた。

「俺が……？」

「お前が武芸上覧で隆義相手に一歩も退《ひ》かず、勇姿を見せ付けたから諸藩は隆義の誘いになびかなかったし、お前を死なせないために立ち上がったんだ」

「……っ…、……」

熱い雫《しずく》が頬を伝い落ちるのを、光彬は止められなかった。玉兎との決戦を控えた今、涙は不吉だというのに、何たる不覚か。

——われは幸先《さいさき》が良いと思うぞ。

鬼讐丸が晴れやかに笑った。

——まるで、天が瑞雨《ずいう》を降らせておるようじゃからな。

「涙なら、玉兎に勝って嬉し涙に変えればいい。お前なら変えられる」

「ヒヒィンッ！」

鬼讐丸の声が聞こえていないはずの純皓が微笑み、その通りと言いたげに雪華がいななく。純皓の乗る鹿毛までもが追従《ついしょう》するように首を縦に振るものだから、こんな時なのにおかしくなってしまった。こみ上げる笑いが知らぬ間に強張っていた身体を解《ほぐ》してくれる。

「行こう。……玉兎のもとに」

濡れた頬を拭《ぬぐ》い、光彬は手綱を握り直した。今度こそ祖父から続く因縁《いんねん》を終わらせるのだ。

——鬼讐丸どの。貴殿はまことにそれで良いのか……？

ぽつりと落とされた金龍王丸の呟きは、鬼讐丸以外の誰にも届かなかった。

純皓《すみひろ》がひとけの無い道を選び、雪華《せっか》がその脚力を発揮してくれたおかげで、光彬《みつあき》たちは戦闘に巻き込まれず目的地にたどり着けた。両國橋《りょうごくばし》を渡ったとたん西軍《せいぐん》の姿を見なくなったのは、彼らの最大目的が恵渡《えど》の中心地――恵渡城とその周辺を制圧することだからだろう。

だが虎太郎《こたろう》が若い衆を走らせてくれたからか、民《たみ》はほとんどが家の中に退避しているようだ。店も長屋《ながや》も鎧戸《よろいど》が下ろされ、中で民が息を詰めている気配がする。外に出ない限り、彼らに危害が及ぶことはあるまい。

懐かしむ間も無く、十年以上を過ごした祖父の邸《やしき》を通り過ぎる。ここから先は狭い小路だ。光彬と純皓は手前で馬を降りる。背負っていた金龍王丸《きんりゅうおうまる》は、雪華の鞍《くら》に括《くく》り付けさせてもらうことにした。

「ここで待っていてくれ、雪華。金龍王丸を頼むぞ」

自《みずか》ら差し出した頭を優しく撫でられ、雪華はぶるるんと鼻を鳴らす。賢い彼女なら、つながれずとも光彬の帰りを待っていてくれるだろう。純皓の鹿毛《かげ》と一緒に。

背後を純皓に守られ、光彬は薄暗い小路を進む。

長年の住人でも見過ごしてしまいそうなその奥に、さびれたほこらはあった。切妻《きりつま》屋根はあちこち穴が空き、紙垂《しで》はぼろぼろに朽《く》ち、供《そな》え物の一つも無いが、忘れようの無い気配が隙間から滲み出ている。

「……ああ……」

つかの間、懐かしい背中とその横に並ぶ幼い自分の幻が浮かび上がる。

まばたきの後に幻は消え、代わりにどこからともなく湧き出た黒い靄《もや》がひたひたとあたりに満ちていった。

ぎ…、ぎぎぃっ……。

軋《きし》んだ音をたて、観音《かんのん》開きの戸がひとりでに開かれてゆく。よろめきながら現れたのは、真新しい狩衣《かりぎぬ》を纏《まと》った玉兎《ぎょくと》だった。

背後の純皓が小太刀《こだち》を構える気配がする。光彬も鬼讐丸《きしゅうまる》の鯉口《こいくち》を切ったが、玉兎の目は虚《うつ》ろに宙をさまよっていた。

「……何故、じゃ」

「玉兎……？」

「何故じゃ。何故抵抗する？……もはや勝敗は決しているであろうに、何故……」

ぶつぶつと紡《つむ》がれる言葉に、光彬は直感した。…玉兎には見えているのだ。その神の力をもって、市中で激突する幕府軍と西軍、そして諸藩《しょはん》軍の戦いぶりが。

強化された兵に南蛮船《なんばんせん》、南蛮銃。幕府も光彬もすでに『詰《つ》み』の状態だった。抗《あらが》ったところで無駄死にを増やすだけだ。降伏した光彬をひそかに差し出させ、隆義に安全を保障させた上で適当な女と契《ちぎ》らせ、子を産ませる。それが玉兎の予定だったに違いない。

だが光彬も幕府も、そして諸藩も、服従より戦うことを選んだ。

戦わなければ誰も死なずに済んだのに、血を流した。不合理極まりない。神たる玉兎には、まるで理解出来ないだろう。

「……それが人間というものなのだ、玉兎よ」

一歩。

踏み込んだ光彬を、玉兎はぼんやりと見上げた。

「にん、……げん……？」

「抵抗せねば何も失わないと承知していても、己の信じるもののために戦う。人間は不合理な生き物だ。…だが、だからこそ俺は人が愛《いと》おしい」

「…私には、……わからぬ」

ごう、と狭い路地に風が逆巻《さかま》いた。玉兎を中心にたちまち竜巻と化し、路地を囲む家々を呑み込む。

古びた木造の家屋がめきめきと軋み、みるまに倒壊していくのに、玉兎がひそんでいた小さなほこらだけは残ったままだ。がれきすら遠くに吹き飛ばされ、何もなくなった更地《さらち》で玉兎はかっと目を見開く。

「わからぬ、わからぬ、わからぬ！　私には……、何も！」

狩衣の腕が振られると同時に、白い閃光が弾《はじ》けた。

——あるじさま！

とっさにまぶたを閉ざしてしまったまま、光彬は鬼讐丸の声だけを頼りに左へ転がる。

どす、どす、と何かが突き刺さる鈍《にぶ》い音がした。そろそろと目を開けば、乾いた地面に白い棒《ぼう》状の何かが何本もめり込んでいる。

槍《やり》かと思いきや、それらはぐにゃりと身をしならせ、自ら地面から抜け出した。頭部とおぼしきあたりにすっと無造作に筆を走らせたような紅い線が裂け、無数の牙《きば》を覗かせる。

「シャアアアアアアア！」

蚯蚓《みみず》と大蛇《だいじゃ》を掛け合わせたような化け物たちがいっせいに威嚇《いかく》の雷声《らいせい》を上げた。うねうねと不気味にうねりながら、だが足を持たぬ者とは思えぬ素早さで迫《せま》ってくる。

「く……」

光彬が鬼讐丸を振るう前に、幾筋もの鋼《はがね》の剣閃《けんせん》が走った。どす黒くどろどろした体液をまき散らしながら倒れる化け物を、汚れた小太刀を手にした純皓が蹴《け》り飛ばす。

「…雑魚《ざこ》は俺に任せろ。お前は玉兎を！」

「……承知！」

万感《ばんかん》の思いをこめた眼差しを交わし、光彬は化け物の奥へ突き進んだ。再び振られそうになった腕に、鬼讐丸の刃を叩き込む。

「…っ…」

たまらず玉兎は腕を引く。

そこに生じたわずかな隙に、光彬は玉兎の斜め後ろへ疾風《はやて》のごとく回り込んだ。

鬼讐丸を構え直す。人間の肉体を借りている以上避けられぬ死角からの追撃。神であろうと逃げられない必殺の一撃を、狩衣の袖口《そでぐち》から伸びた何かが受け止める。

「な、…にっ…⁉」

それはさっきの化け物に比べたらずいぶんと小さな、白い蛇《へび》であった。刀身《とうしん》に絡み付き、しゅるしゅると登ってこようとするのを、光彬は反射的に大きく鬼讐丸を振って落とす。地面に叩き落とされるや、小蛇はびちゃりと弾け、黒いねばねばした液体と化した。腐臭《ふしゅう》が鼻を突く。あれに触れたら、人間はひとたまりもないだろう。

「……どうすれば、わかってくれるのじゃ」

ゆらりと振り向いた玉兎の狩衣の袂《たもと》から、無数の小蛇が顔を覗かせた。

「抵抗さえしなければ…私の望みさえ叶えてくれれば、そなたは何も失わぬ。あの血なまぐさい男とて、我が手で葬《ほうむ》ってやってもよい。なのに…、何故……」

血なまぐさい男とは隆義《たかよし》のことだろう。仮にも協力者であったはずの存在を消すことに何もためらわない。玉兎の頭の中には、彦十郎《ひこじゅうろう》しか存在しないのだ。

……俺には母上も小兵衛《こへえ》も、虎太郎も居た。離れてはいたが、亡き父上も心配りをして下さった。近所の住人も良くしてくれた。だが玉兎には、お祖父様しか居なかった……。

「玉兎。……お前の望みは、本当にお祖父様の血筋をつなげることなのか？」

答えは無い。だが白い頬がわずかに引きつったのを、光彬は見逃さなかった。

「お前の、…お前の心の中にあるのは、後悔なのではないか？　だからお前は…」

「う…、るさい、…うるさい、うるさい！」

いやいやをするように玉兎は首を振る。はためく袖口からこぼれ落ちた小蛇は驟雨《しゅうう》のように宙を泳ぎ、あるいは地を這い、光彬を襲う。

一方だけならまだしも、上から下から迫りくる無数の小蛇を全て避けるのは、鬼讐丸の力を借りても不可能だ。

痛みを覚悟した光彬だが、地を這う小蛇は光彬をぞろぞろと通り過ぎていった。飛来した分は残らず鬼讐丸の刃に叩き落とされ、黒い液体となって地面に広がる。

――あるじさまの言葉は、あやつの心を確かに刺した。

現れた鬼讐丸がほこらを指差した。

――だから、ためらっておるのじゃ。あるじさまを害することは、あやつの中にある思い出までも否定するのと同じことゆえ。

実体を持たない剣精《けんせい》の手が光彬のそれに重なる。

一瞬ぼやけた景色はすぐに鮮明さを取り戻した。

遠い過去の景色なのだと悟《さと》ったのは、破壊されたはずの家屋が無事で、さびれていたほこらが真新しかったからだ。白木《しらき》の匂いを漂わせるほこらを、近所の住人たちがぐるりと取り巻いている。

『疫神様《えきがみ》、疫神様』

『どうかお鎮《しず》まり下さい。我らをお守り下さい』

ひざまずいて熱心に拝《おが》む人々はみな真剣だ。恵渡を襲った疱瘡《ほうそう》――罹《かか》ればほとんどの者が苦しみ抜いた末に死ぬ恐ろしい流行病《はやりやまい》を神に見立て、丁重に祀《まつ》ることで、病から逃れようとしているのである。この時分、こうしたほこらは恵渡のあちこちに存在した。

命がかかっているからこそ、人々の信仰は篤《あつ》く純粋だった。救いを求める声に応《こた》え、ほこらの中に新しき神が生まれる。

この世に生まれ落ちたばかりではあったが、新しき神は己のなすべきことを理解していた。日々高まる人々の願い、信仰を糧《かて》に力を紡ぎ、恵渡にはびこる疫病を祓《はら》っていく。病に苦しむ者が減ってゆくたび人々は歓喜し、新しき神に感謝の祈りを捧《ささ》げた。

だが疱瘡が終息したとたん、人々は新しき神の存在を忘れ去ってしまった。往時は参拝客の絶えなかったほこらは今や供え物の一つも無く、雨風にさらされ傷《いた》んでゆくばかり。糧である祈りを捧げられなくなった新しき神は、消滅を待つばかりの身であった。

『……哀れなことをする』

そこに現れた若い武者が汚れたほこらを清め、井戸から汲《く》んできたばかりの冷たい水を供えてくれた。一緒に捧げられた饅頭《まんじゅう》はこれまでの供え物に比べたら粗末なものだったが、温かな思い遣りに満ちており、新しき神は息を吹き返した。

一度きりの気まぐれかと思いきや、若い武者はそれからもたびたびほこらを詣でては供え物をくれた。人間とは思えぬほど清冽《せいれつ》な魂を宿した肉体は健康そのもので、病の気配も無い。新しき神に願うことなど無いであろうに、若い武者はふらりとやって来ては新しき神を拝んだ。己のためではなく、ただ病を鎮めてくれた神に感謝をこめて。そんな人間は初めてだった。

『…のう、そなた。何故私を拝む？』

ある日、疑問を堪えきれなくなった新しき神は若い武者の前に顕現《けんげん》した。

若い武者は目を見開きはしたものの、さほど驚いた様子ではなかった。これほど清らかな魂の主だ。神々に見初《みそ》められたのは初めてではなかったのだろう。…想像すると何故か胸がざわついた。

『私にもはやかつての力は無い。拝んだところで利益《りやく》など無いぞ』

『だがお前は皆を病から守ってくれたのだろう。助けてもらったら感謝をするのは、人として当たり前のことだ』

新しき神に乞われるがまま、若い武者は己の身の上を話してくれた。榊原《さかきばら》彦十郎という名の貧しい御家人《ごけにん》であること、天涯孤独の身であること、剣の道を極めるためたびたび武者修行の旅に出ていること。恵渡を疱瘡が席巻《せっけん》していた頃はちょうど常州《じょうしゅう》で修行中だったため、難を逃れたのだという。

新しき神は呆れてしまった。ならば若い武者…彦十郎は自分の恩恵《おんけい》をいっさい受けていないにもかかわらず、律義にも詣でているのだ。神に救われた者たちは自分たちだけで生き延びたような顔をして、神などすっかり忘れてしまったというのに。

利己的な者ばかりが幅《はば》を利かせる人の世では、さぞかし生きにくかろう。しかし新しき神は不器用だがどこまでもまっすぐな彦十郎の魂に、どうしようもなく惹かれてしまった。神の性《さが》と言ってしまえばそれまでだが、自分でも止められなかったのだから仕方が無い。

行く先々に付き纏《まと》うようになった新しき神を、彦十郎は渋面《じゅうめん》を作りつつも邪険《じゃけん》にはしなかった。その頃には、彦十郎が自分を慕《した》う者…とりわけ幼く弱い者を突き放せない性分《しょうぶん》だと理解していた。

仮にも神として数多《あまた》の人々に崇《あが》められていた身が、彦十郎の目には弱く幼い者に映るのだ。普通なら無礼だと怒り、たたりをなすべきかもしれないけれど、新しき神は心がほんのり温まるのを感じた。

『お前はまこと、どこまでも付いて来るのだなあ』

ある日、苦笑した彦十郎が新しき神に名をくれた。月の異名《いみょう》でもある『玉兎』と。どこへ行っても変わらず夜空に輝いている月に、新しき神をなぞらえたのだという。

きっと彦十郎には深い意味なんて無かった。ただ神と呼ぶのは味気無いからという、それだけの理由だ。あの男は行く先々の野良犬や野良猫、果ては烏《からす》にまで名を付けていた。

でも、新しき神――玉兎には大きな意味があった。

それまでは陽ノ本《ひのもと》に坐《まします》八百万《やおよろず》の神々の一柱《ひとはしら》でしかなかったが、名を持つことで自我が確定し、玉兎という神になったのだ。

神の名付け親となっても、彦十郎は変わらなかった。優しくて不器用で豪放磊落《ごうほうらいらく》で、損な役回りばかり演じている。そのくせその剣筋には猛《たけ》き神が宿り、周りの人々に慕われる。そんな彦十郎が玉兎は好きだった。

人の定めになど従わせたくないと願うほどに。

だから玉兎は彦十郎が寿命を終えようとした時、自分の眷属になるよう誘ったのだ。彦十郎さえ居てくれれば、忘れ去られ消滅しそうになったあんな恐怖を味わわなくていい。ずっと二人で面白おかしく生きていける。

一も二も無く受け容《い》れられると思っていた。不老不死を望まぬ人間など居ないのだから。

だが彦十郎は頑《がん》として頷いてはくれなかった。

『……生まれ出《いで》た者はいずれ死ぬが人の定めというものだ。俺はもうじゅうぶんに生きた。今さら、定めに逆らいたくはない』

定め？　定めとは何だ。こんなにも彦十郎と別れたくない玉兎の願いをはねつけるほど意味のあるものなのか。

神の寵愛《ちょうあい》を受けた者に、人の定めなど関係無い。我が眷属になれと何度言葉を尽くしても、彦十郎は拒み続けた。

彦十郎が死んでしまったら、玉兎と共に在《あ》ってくれる者は居なくなる。また彦十郎と出逢う前のようにほこらに籠もり、訪れることの無い信者を待ち続ける。…そんな日々はもうたくさんだ。

だから。

『もういい…っ…、もう、彦十郎など知らぬ！　彦十郎のわからずや、彦十郎なんて、……だ、…だい、……大っ嫌いじゃ…！』

取り付く島の無い彦十郎に疲れ果てた玉兎は、人間の童《わらべ》のように喚《わめ》き散らしながら退散した。まさか、あれが最期《さいご》になるなんて――数日後に彦十郎が死んでしまうなんて、思いもしなかったのだ。

骸《むくろ》が墓地に葬《ほうむ》られてからも、玉兎は彦十郎に呼びかけ続けた。

『彦十郎…、彦十郎。私の声が聞こえないのか？』

いつもならすぐに答えてくれるはずなのに、数え切れないほど呼んでも応《こた》えは返らない。

何故だ。何故なのだ。だって死とは、ただ魂が肉体を離れるだけのことだろう。生前に眷属に加えようとしたのは、肉体を持って生まれた者は肉体が無ければ精神が安定しないからだ。ならば魂だけになった彦十郎は、生前よりもむしろ玉兎と近い存在になり、玉兎の呼びかけに答えてくれるはずではないか。

なのに、聞こえない。

彦十郎の声が聞こえない。誰も応えてくれない。

ならばせめて彦十郎の血をつなげていくしかないと、玉兎はやがて思い至った。彦十郎の血が続く限り、一人にならずに済むのだから。

でも違う。

本当は、……本当は――。


――見えるか、あるじさま。

凛《りん》とした剣精の声が光彬を呼び戻した。

視線の先には見る影も無くさびれたほこらと、すさまじい殺気をまき散らす玉兎。今まで見せられていた切なくも穏やかな思い出との落差に、胸がずきんと痛くなる。

……あれ、は？

睨み付けてくる玉兎が、刹那《せつな》、二重にぶれて見えた。疲労と重圧のせいかと思ったが、たぶんそうではない。だって、和皓《かずひろ》の肉体に重なるもう一人は…。

「……行くぞ、鬼讐丸」

——承知！

もっと間近で確かめるため、光彬は地面を蹴った。息を呑んだ玉兎が無数の小蛇を弾丸のごとく飛ばしてくるが、恐ろしくはない。光彬の予想が正しければ、おそらく——。

「来るな、……来るなっ！」

光彬との距離が縮むたび、玉兎は駄々っ子のように地団太を踏み、小蛇を放ち続ける。

……もう、己でもわかっていないのだろうな。

来るなと言いながらその場に留まる矛盾が。空を飛べる玉兎なら、光彬など置いてけぼりにして逃げられるはずなのに。竜巻でも起こせば、光彬を吹き飛ばしてしまえるのに。

放たれた小蛇すらたやすく鬼讐丸に斬られ、光彬を傷付けることは無い。

光彬はふと幼い頃の記憶を思い出した。彦十郎とささいなきっかけで喧嘩になったのだ。と言っても光彬が一方的に機嫌を損《そこ》ねていただけで、彦十郎に非は無かったのだが。

お祖父様なんてどっか行っちゃえ、と逃げ出しておきながら、本当は待っていた。彦十郎が迎えに来てくれるのを。やがて彦十郎が隠れ場所を探し出してくれた時、光彬は『ごめんなさい』と泣きながら抱き付いたのだ。

……きっと、玉兎も同じだ。

泣きながら、己の所業を後悔しながら待っている。大好きな人が迎えに来てくれるのを。止めてくれるのを。

けれど玉兎の待ち人はもう居ない。どんなに願っても、来ることは出来ない。

ならば光彬が止めてやらなければならない。誰よりもそれを願っているであろう、祖父に代わって。

「……ぉおおおっ！」

気合いの乗った一撃が狩衣の左肩を捉える。

間一髪で避けられる瞬間、再び玉兎の姿が二重にぶれ――見えた。今度は、さっきよりもはっきりと。和皓の肉体に幻のように透けて重なる、小さな影が。

――斬るべきは和皓の肉体ではなく、その影じゃ！

身体は勝手に鬼讐丸の忠告に従った。今こそ因縁《いんねん》に決着をつける時だ。

「……光彬！」

化け物の牙《きば》を小太刀で受け止めながら、純皓が足元の小石を蹴る。ひゅっと放たれたつぶてに玉兎が気を取られたのは、ほんの一瞬にも満たなかっただろう。

光彬には、その一瞬でじゅうぶんだった。

……純皓。お前のくれた好機、無駄にはせん！

あらん限りの力を込め、大上段《だいじょうだん》に構えた鬼讐丸を振り下ろす。白い光を帯びた刃は、人の手では傷付けられぬ幻の童を確かに捉えた。

「きゃああああああっ……！」

何かを断ち切るような感触と同時に、かん高い悲鳴が響く。

和皓の声ではないことは明らかだった。きょろきょろと落ち着き無く周囲を見回す和皓の肉体はさっきまでの余裕も神々《こうごう》しさも失せ、瑞々《みずみず》しかった肌にしわや染みが刻まれていくのだから。以前よりも老けてたるんでしまっているが、これは和皓——玉兎に乗っ取られる前の和皓だ。

「…お前は…、和皓か?」

問いかけたとたん、和皓はぎゃっと悲鳴を上げて跳び上がり、そのまま尻餅《しりもち》をついた。恐怖に染まった双眸は光彬ではなく、すぐ横…左肩を押さえ、うずくまる童に注がれている。さっきの悲鳴はきっと、この童のものだ。

「も…っ、もう嫌じゃ! また苦しめられるくらいなら、まろは…っ…」

ぐっ、と和皓の喉が不吉な音をたてる。

血を吐きながら倒れた身体が動かなくなったことで、光彬は何が起きたのかを察した。…舌を噛み、自ら命を絶ったのだ。再び乗っ取られて際限の無い苦痛を味わわされるよりは、死んだ方がましだったのだろう。

宿る者のなくなった肉体はどろどろと溶け、地面に吸い込まれていく。残されたのは汚れた狩衣と……所在なさげにうずくまる童だけ。

「……お前が玉兎か」

呟く光彬の傍《かたわ》らに最後の一匹を始末した純皓が歩み寄り、共に童を見下ろす。胸に抱く思いは、きっと光彬と同じだろう。

……こんなに、幼かったのか。

これまで光彬の前に現れてきた玉兎は、必ず誰かの肉体を借りていた。だから玉兎自身の姿を見るのは今日が初めてだ。

白衣《びゃくえ》に緋袴《ひばかま》を合わせ、千早《ちはや》を羽織《はお》った十歳前後の童。少年とも少女ともつかぬ浮世離れした清らかな美貌はさすが神のものだ。ただ姿を現すだけで人々はひれ伏し、慈悲をこいねがうだろう。

だが光彬は、あどけなさの残る顔や白衣から覗く手の小ささが悲しかった。陽ノ本には千年以上も前から祀られる神々が坐《おわ》すのだから、生まれ出《いで》て数十年しか経《た》ぬ玉兎はまだ幼子《おさなご》のようなものなのだろう。

神を人の尺度に当てはめるのは間違っているのかもしれない。…けれど。

……こんなに幼い子がたった一人、小さなほこらに取り残されてしまったのか。

玉兎は流行病を治して欲しいという人々の切なる願いから生まれた。彼らに応えるべく、生まれたばかりの身で懸命に働いた。にもかかわらず、願いが成就《じょうじゅ》するや人々は玉兎を忘れ去ってしまった。

彦十郎がほこらに詣でていたのは、最初は同情と義侠心《ぎきょうしん》からだっただろう。だが現れた玉兎のこの姿を見た瞬間、見捨てられなくなってしまったに違いない。人の勝手で生み出され捨てられた、哀れな幼子を。…今の光彬がそうであるように。

光彬は息を吐き、鬼讐丸を鞘《さや》に収めた。

「…光彬、何を…っ…」

「大丈夫だ。…もうこの子には何も出来ん」

目を剝く純皓に頷いてみせ、玉兎の前に膝をつく。きっと睨んでくる玉兎の左肩は千早が裂け、紅《あか》く染まっていた。もはや抵抗は不可能だ。光彬とて、攻撃などするつもりは無い。膝をついたのは。

「…お前は…、知らなかったのだな」

小さな身体を、そっと抱き締めてやるためだ。

「……っ、…そ、…なたは……」

「人が死ぬということはもう二度と会えなくなり、話すことも、声を聞くことすら叶わなくなることなのだと」

ほこらの記憶を見ていてわかった。玉兎には『死』がどういうものか理解出来ないのだ。

何故なら、玉兎は神だから。信仰を失い消滅することはあっても、死ぬことは無いのだから。冥府に降《くだ》った者は二度と現世には戻れないのだと理解しろと言う方が無理だ。

「人間は…いや、生きる者は全て死の定めから逃れられない。将軍であろうと庶民であろうと死に神の前では平等だ。…だからこそ、神《おまえ》からすれば瞬《まばた》きの間にも等しいその輝かしい時間を必死にまっとうするのだ。お祖父様もそうなさったように」

「…う、……うぅ、……うっ……」

ぶるりと小さな身体が震える。

純皓が小太刀を構える気配がした。でも、大丈夫だ。もう玉兎に戦う意志は無い。

「……ごめ…っ…、ごめん……、なしゃい……っ！」

しゃくり上げながら、玉兎は光彬の胸にしがみ付いた。尼削《あまそ》ぎの黒髪が激しく揺れる。

「知らなかった…、…本当に、知らなかったのじゃ…」

「玉兎……」

「死んだらおしまいだなんて…、二度と会えなくなってしまうなんて……！」

小さな顔を埋《うず》められた小袖《こそで》が涙に濡れていく。もつれた黒髪を撫でてやれば、玉兎は大きく身を震わせた。

「大嫌いなんて…、…嘘じゃ。本当はそんなこと、思っていなかった。次に会った時、謝ろうと…、でも、…でも…っ……」

その前に彦十郎は死んでしまった。死にゆく者にぶつけた言葉を取り消すすべは、神であろうと持ち合わせていない。

生きる者の後悔を纏わり付かせるからこそ、死は途方も無く重い。

「…だからお前は、せめてお祖父様の血を残そうとしたのだな。もう二度と、誰にも忘れ去られてしまわないように」

「……っ、う、…うぅ……」

こくん、と尼削ぎの頭が上下する。

「…私を…、…玉兎という神を、覚えていてくれたのは彦十郎だけだった。今は大騒ぎになったゆえ、人々の信仰もにわかに増してはいるが…やがて時が経てば再び忘れられてしまうだろう。そして私は、……また、独りぼっちになってしまう」

この世にたった一人、頼れる者はおろか自分を知る者すら居ないまま取り残される孤独を、多くの人々に囲まれ、愛されてきた光彬はきっと理解出来ない。

……だが、俺は知っている。

そっと振り向けば、寄り添ってくれる純皓と目が合う。光彬を愛し、死地にさえ付いて来てくれた唯一無二の存在。

……たった一人でも傍《そば》に居てくれれば、孤独は消えてなくなることを。

「俺は、お前を忘れんぞ」

「えっ……」

「ずっと覚えている。玉兎という神が、人々を病から救ってくれたことを。お祖父様の傍に居てくれたことを」

玉兎は弾かれたように顔を上げ、じっと光彬を見上げる。驚愕、期待、疑念。濡れた瞳にいくつもの感情が去来《きょらい》する。

「…じゃが、そなたとて彦十郎と同じ人間じゃ。いつかは寿命を終え、冥土《めいど》に下ってしまうではないか。そうなれば結局私は…」

「独りにはならんぞ」

光彬は微笑《ほほえ》み、乱れても艶やかさを失わない黒髪をぽんと優しく叩いた。相手は神、自分よりはるかに年長の存在なのに、泣きじゃくる弟をあやしているような気持ちだった。

「もう一度、恵渡の町の様子を見てみるがいい。お前なら出来るのだろう?」

「…町、の?」

「そうすればわかる。俺の言葉の意味が」

迷いつつも、玉兎は光彬に従ってみることにしたようだ。長いまつげに縁取られたまぶたが静かに下ろされる。

きゅっと小袖の襟《えり》を引かれ、光彬も目を閉ざした。すると頭の奥に両國橋の西側…戦場と化した恵渡の町並みが広がる。

『ここだ！　ここだっ！』

『ここに西軍の芋侍《いもざむらい》どもが居やがるぞっ！』

ひときわ高い商家の瓦《かわら》屋根に登り、纏《まとい》を持った町火消《まちびけし》の男たちが怒号《どごう》を上げている。

纏は消火活動の目印とするため、長い棒の先に町火消それぞれに趣向《しゅこう》を凝《こ》らした意匠《いしょう》をあしらったものだ。彼らがめいめい手にした纏には『い組』のみならず、いろは四十八組のあらゆる意匠が誇らしげに揺れていた。将軍光彬と南町奉行《みなみまちぶぎょう》小谷掃部頭《こたにかもんのかみ》によって設立された町火消が集結しているのだ。

屋根の上の火消たちからは、路地で待ち伏せする西軍の兵たちがよく見える。大声を上げながら纏を振れば、それを目印に幕府と諸藩の連合軍が殺到する。

『天晴《あっぱ》れじゃ、火消ども！』

『上様に歯向かう逆賊め、我が成敗《せいばい》してくれる！』

『平和を乱す罪深さ、冥土で思い知るが良い！』

西軍も必死に抵抗し、南蛮銃を撃ちまくるが、いかんせん数が違いすぎる。しかも町火消たちによってあらかじめ居場所が特定されてしまっているため、待ち伏せの利点を活かしきれず、地の利に優《すぐ》れる幕府軍によって抵抗も出来ず挟み撃ちにされる事態が連発しつつあった。

こうなれば西軍の恨みと標的は、勢い、屋根の上の町火消たちにも向かう。

『町人の分際でちょこまかと…』

『我らが殿の崇高《すうこう》なる大望《たいぼう》を、邪魔するうつけ者どもめが！』

『撃て！　殺せ！』

だだだだだだんっ、と南蛮銃の撃ち手たちが屋根の上に発砲する。

だが町火消たちはうろたえず、纏を掲《かか》げたまますさっと身を伏せた。纏は組の誇りだ。火事の最中でも纏を焼かれたり、倒されたりするのは恥である。

『おらおら、どうした芋侍さんよお。そんなへなちょこ弾、俺たちにゃあ当たらないぜ』

『芋なら芋らしく、屁《へ》でもぶっこいてた方がいいんじゃねえかあ？』

銃弾の雨がやむと、町火消たちは起き上がり、尻をぱんぱんと叩きながら西軍の兵を挑発した。無傷ではない。銃弾がかすり、あちこちから血を流している。

だが彼らは決して弱音など吐かない。纏持ちは火消の花形だ。体力、威勢、粋《いき》。全てを兼ね備えた組で一番の男伊達《おとこだて》のみが、組の誇りたる纏を掲げることを許される。

だから彼らは屈さない。戦という炎で恵渡を焼き尽くそうとする者たちには、絶対に。

『…ぶ…っ、ぶ、無礼者ぉぉぉぉ！』

青筋を立てた撃ち手が銃を発射する。その標的とされた町火消は――虎太郎だ。『い組』の纏を持ったままどんと仁王立《におうだ》ちになり、避けようともしない。

――殺《や》られる！

誰もがそう思っただろう。

だが弾丸は虎太郎の頬すれすれに軌道《きどう》を描き、空に吸い込まれていった。もし虎太郎が怖気《おじけ》づいて一歩でも動いていたら、眉間《みけん》を貫《つらぬ》かれていたはずだ。

おおおおお……、と、どよめく敵味方の視線を一身に浴びながら、虎太郎は纏を振りかざす。

『鉄砲が怖くて火消が出来るか！　佐津間の芋どもに、俺たちは倒せねえ！』

『…そ…っ、そうだ、そうだ！』

『芋侍が、俺たちの上様のお膝元を偉そうにうろつくんじゃねえ！』

勢いづいた同じ屋根の町火消たちがはやし立てる。

撃ち手は今度こそ無礼な町火消を黙らせてやろうとするが、虎太郎に活気づけられたのは火消たちだけではなかった。疾風のごとく突進した幕府軍の兵たちが護衛を素早く倒し、慌てて弾を込める撃ち手までも討《う》ち取ってしまう。

『さあ次だ！　この調子で芋侍どもを恵渡から追い払っちまうぞ！』

『応《おう》！』

よく通る虎太郎の呼びかけに、そこらじゅうの屋根に登った町火消たちがいっせいに応える。恵渡は彼らの庭だ。鳥の視点から西軍の動きを監視する彼らに、異様に士気の高い連合軍の兵力が加われば、五分《ごぶ》以上の戦いが望めるに違いない。

『頭《かしら》ぁ、大丈夫ですかい？』

虎太郎に付いていた『い組』の若い火消が小声で尋ねる。さっきの弾丸が当たっていたらと思うと、気が気ではないのだろう。

はっ、と虎太郎はいなせに笑い、左胸を叩いた。

『半端者《はんぱもの》の元助が八百八町《はっぴゃくやちょう》を駆けずり回って火消どもをかき集めてきたんだ。頭が命ぐれえ張らなきゃ、お天道様《てんとさま》に叱られらあ』

『……っすね。おいらも元助にゃあ負けてらんねえや』

若い火消は片肌を脱いで鍛《きた》えられた胸板を晒《さら》し、勇ましい足取りで屋根を渡っていく。

――俺たちの恵渡をよそ者の好きにはさせない！

熱い決意を張《みなぎ》らせているのは、武士や火消たちだけではなかった。

『お、おい、おっかあ。何してるんだ』

景色が切り替わる。今度は庶民の暮らす町家の中のようだ。

鎧戸を下ろし、心張《しんば》り棒《ぼう》まで噛ませた土間で、一家の主婦らしき中年の女がたすき掛けで動き回っている。三人の子どもたちもかまどから下ろした鍋を二階に運んだり、新しい鍋を火にかけたりと、懸命に母親を手伝っていた。おろおろと落ち着き無いのは亭主の男だけだ。

『何って、見てわかんないのかい』

亭主よりも恰幅《かっぷく》のいい女は腰に手をやり、ぐっと胸を張る。

『佐津間の芋侍どもを叩き出してやろうとしてるんだよ。鎧を着てたって、上から熱湯やつぶてをぶっかけられりゃあたまらないはずだからね』

『さ、さ、侍に逆らうつもりなのか⁉』

亭主は青ざめ、妻の肩を摑んだ。細い身体は恐怖でがくがくと震えている。

『町奉行所のお役人様も仰《おっしゃ》ってたじゃねえか！　俺たちは邪魔にならないよう、家ん中に隠れてりゃあいいんだ。そうすりゃあ…』

『そうすりゃ上様が芋侍どもをぶちのめして下さるって？』

『そそ、そうだ。お前もわかって…』

『……でも、悔しいじゃないのさっ！』

女が豪快に亭主の手を振り解《ほど》く。

ぎろりと睨まれ、亭主はたじたじと後ずさった。助けを求めて子どもたちを見るが、三人の子どもたちもまた母親と同じ姿勢で父親を取り囲む。

『戦いが始まる前、のし歩いてきた芋どもが何て言ったか、あんたも覚えてるだろう？　あいつらは上様を殺して、恵渡を佐津間のものにするってほざいたんだよ』

『…そ…、それは確か、上様が朝廷の偉い人を殺したとか何とかで…』

『佐津間も朝廷もあるかい。ここは華のお恵渡、天下の上様のお膝元なんだよ』

とんとん、と女はひしゃくで肩を叩いた。いざとなればそれで熱湯を西軍にぶっかけてやるのだろう。ふくよかな身体は幕府軍の兵にも劣らぬ気迫に満ちている。

『あたしは教養が無いから、難しいことはよくわからないよ。…でも、これだけは知ってるんだ。上様は絶対に訳も無く誰かを殺すような御方じゃないって。あんただってそうだろ？』

『…お、おっかあ…』

『変な神官もどきが上様の悪口を言いふらしてたじゃないか。あん時からあたしは思ってたんだ。誰かが上様を嵌《は》めようとしてるんじゃないかって。…それが佐津間の芋侍どもだったってんなら納得だよ。あいつら、百年以上も前の恨みを未だに引きずってんだから』

神君光嘉《しんくんみつよし》公と佐津間藩の藩祖《はんそ》との因縁は、恵渡の庶民にも知れ渡っている。たびたび芝居や絵草紙《えぞうし》の題材にもされるほどだ。

将軍のお膝元に生まれ育った者としての誇りを抱き、繁栄を謳歌《おうか》する民にとって、戦国の世の恨みを忘れられない佐津間は軽蔑《けいべつ》の対象であった。佐津間の領民からすれば、恵渡の民こそが自分たちから天下を盗んだ許しがたい存在なのだろうが。

『上様は悪くない！　悪いのは佐津間の芋だもん！』

『隣のご隠居様が言ってた！　佐津間の奴らは上様が妬《ねた》ましいんだって！』

『恵渡を上様からぶんどって、じゅーりりんしようとしてるんだって！』

口々に喚く三人の子どもたちを見遣り、女は鋭い眼差しを少しだけ緩めた。

『ねえ、あんた。あたしたちがこの子らを奉公にも出さずに育てられたのは、上様がご政道《せいどう》を正して下さったおかげじゃないか』

『……そう、だな。ちょっと前までは、貧乏人の子は七つにもなればどこかに奉公に出されるのが普通だった』

『上様はあたしたちの恩人だ。恩人の苦境を見捨てたら、恵渡っ子の名がすたるってもんよ』

亭主はしばらく項垂《うなだ》れていたが、やがて迷いを吹っ切るように拳を握った。気弱そうな顔は、さっきまでとは比べ物にならないくらい凛々《りり》しく輝いている。

『…よし。俺も恵渡っ子の端くれだ。芋侍どもをぶちのめしてやらあ！』

『そうこなくっちゃ！』

破顔《はがん》した夫婦は子どもたちと共に二階へ駆け上がった。共に窓から身を乗り出し、家の前を通る西軍に熱湯を降らせ、つぶてを投げ付ける。

だが相手は完全武装した武士だ。戦闘訓練も受けていない庶民のささやかな抵抗など、ものともしない——わけはなかった。

『出てけ、この野郎！』

『芋は佐津間の畑にでも埋まってろ！』

あちこちの窓から血気盛んな民が顔を出し、熱湯やつぶて入りの泥団子、煮え立った油などを雨あられと降らせてゆく。一つ一つはたいした痛手ではなくても、四方八方から浴びせられれば、鍛えられた兵でもたまらない。

『あ…っ、熱、熱いっ！』

『目が…、目が、見えないっ……』

熱湯や油に肌を焼かれ、泥団子の目つぶしを喰らった兵たちがのたうち回る。特に油を喰らった兵は悲惨だ。甲冑《かっちゅう》の隙間から鎧直垂に油が染み込み、肌にべっとり張り付いてしまう。

濡れた鎧直垂を脱ごうにも、甲冑は簡単に着脱出来るものではない。悶える間にも、肌はじゅうじゅうと焼かれていく。

『貴様ら！　庶民が武士に逆らうかぁっ⁉』

ぐいと顔の泥を拭った西軍の兵が手にした槍を振りかぶる。だがその槍が投擲《とうてき》される前に、幕府軍が駆け付けた。

『民を守れ！』

『これ以上、恵渡を踏み荒らさせるな！』

連戦に次ぐ連戦を乗り越えてきた彼らは血と泥に汚れ、酷《ひど》い有様だ。だが鯨波《げいは》を上げながら西軍を蹴散らしていく姿は、泥臭かろうと殺気にまみれていようと、庶民の目には頼もしい勇者に映った。

『ひぎゃあっ…』

泥団子を握った子どもに槍を投げ付けようとしていた西軍の兵が、幕府軍の騎兵が放った弓に喉笛を貫かれる。見事な神業《かみわざ》に、庶民はどっと沸いた。

『お侍様ってのは、すごいもんだなあ！』

『さっすが上様のご家来だぜ』

『俺たちも負けちゃいられねえ、やるぜ！』

民はいっそう張り切ってつぶてや熱湯を降らせ、投げるものがなくなると肥溜《こえだ》めから掬《すく》ってきた汚物までも浴びせる。弱った西軍の兵は、ほうほうのていで撤退しようとするところを幕府軍に追撃され、次々と倒されていった。

『恵渡を守れ！』

潮が満ちていくように、そこかしこで声が上がる。

『俺たちの恵渡を守れ！』

『戦乱の世に逆戻りさせてたまるか！』

呼応する声は混ざり合い、波濤《はとう》となって町を呑み込んでいった。

……何と、愛おしいのだろう。

光彬の胸に熱い炎が灯った。

……もしも人に定めというものが存在するのなら、俺が将軍の座に就《つ》いたのは、きっと彼らを守るためだったに違いない。

「…これが、俺が今まで守ってきたもの。これからも守っていきたいものだ」

そっと開いた目が、見開かれた神のそれと重なった。

「俺の伴侶は純皓だけだ。…だから、何があろうと俺の血を引いた子が生まれることは無いだろう」

「……っ……」

背後で純皓が身じろぐ。光彬を誰にも渡すつもりは無くても、自分のせいで光彬に子を持たせてやれないのだと自責の念にかられているのかもしれない。

そうではない。光彬は妻に微笑みながら首を振り、玉兎に向き直った。

「だがこの恵渡が、陽ノ本が、そこに住まう全ての民が、俺の子のようなものだ。平和を守るために勇気を奮《ふる》い起こし、精いっぱい戦おうとする民が俺は心から愛おしい」

「……彦十郎の、…孫……」

「陽ノ本が続く限り、俺の欠片《かけら》もまた生き続ける。…だから、玉兎。お前は決して一人にはならない」

「う、……、……っ……」

大きな瞳から澄んだ涙の粒がぽろぽろとこぼれ落ちる。震える背中を叩いてやれば、玉兎はぐしゅぐしゅとすすり上げた。

「…彦十郎も、昔、そう、言っていた」

「お祖父様が？」

「自分が死んでも、全部がなくなってしまうわけではない。覚えていてくれる人が居る限り、その人の中に、自分の欠片は生き続けるんだ、と……」

……ああ、そうか。

嗚咽《おえつ》する小さな神が、光彬は哀れでたまらなくなった。

きっとその時の玉兎には、彦十郎の言葉の意味がわからなかったのだろう。神は死なないから。死を理解出来ないから。死んでしまった彦十郎は、玉兎が何度呼びかけても応えてくれなかったから。

「…でも…、今なら、わかる」

小さな手がきゅっと光彬の小袖を握り締めた。

「そなたが冥土に迎えられても、あの民はそなたを忘れない。そなたの欠片は、民の中に生き続ける…。そうであろ？」

「ああ。…人の生は短く儚《はかな》い。だから人は語り継ぐ。共に生きた者を…愛する者の記憶を」

「ならば彦十郎の欠片もまた、彦十郎を愛する者の中に…そなたの中に生きているのじゃ。…そういう、…ことだったの、じゃな。もっと、…もっと早く、わかっていれば…」

——その時。

戦場の異臭を洗い流す、一陣の風が吹き抜けた。

懐かしい気配を感じ、光彬はあたりを見回す。…誰も見当たらない。純皓も首を振っている。だが、確かに居るのだ。…玉兎の傍らに。涙に濡れた、その目にしか映らない誰かが。

「……彦、十郎……」

光彬の胸から顔を上げ、玉兎は虚空《こくう》に手を伸ばす。

「ごめん…、ごめんなさい……。大嫌いなんて、嘘じゃ。本当は……、大好きじゃ……！」

応えるように風が揺れる。小さな手をそっと握る節《ふし》くれだった手が、一瞬だけ、光彬にも見えた気がした。

「お祖父様……？」

「…そなた、見えなかったのか？」

玉兎は不思議そうに首を傾げる。やはり玉兎にしか見えなかったらしい。

「ああ、見えなかった。…お祖父様は何と？」

「――内緒じゃ！　私だけに会いに来てくれたのじゃもの！」

玉兎は悪戯《いたずら》小僧のように笑った。見た目相応のあどけない表情を浮かべたのは、初めてではないだろうか。

「――――！」

突如、かつてないほどの戦慄《せんりつ》が全身を貫いた。

緩みかけていた気が一気に引き締まる。それは純皓も同じだったようだ。南の空を――恵渡湾の上空を指差す。

武人として鍛えられた光彬の目は、かすかにだが、細くたなびく白い煙を捉えた。

「あれは、……発煙筒《はつえんとう》か？」

「そうだ。きっと――」

純皓がみなまで言い終える前に、どん、と覚えのある轟音《ごうおん》が大気を振動させた。…大砲だ。一度ではない。二度、三度、四度と立て続けに発射の音が響く。

また幕府や民に対する脅しか？　いや、この期《ご》に及んでそれはありえない。

……隆義め。地上が不利と見て、南蛮船に砲撃させたか！

発煙筒は南蛮船への合図だろう。音が城で耳にした時よりずっと大きいのは、おそらく船を可能な限り海岸に近付かせたせいだ。

いかに意気軒高《いきけんこう》な連合軍でも、空から降ってくる砲弾までは避けられない。地上で炸裂《さくれつ》すれば連合軍も民も…味方のはずの西軍までも巻き込み、甚大《じんだい》な被害をもたらす。

「……く…っ！」

見上げた空から、巨大な砲弾が迫ってくる。いかなる俊足をもってしても、逃れるのは不可能だ。

「光彬……！」

せめてもの盾《たて》になろうと、純皓が背後から覆いかぶさってくる。光彬もまた腕の中の玉兎を抱き締めた。敵方に与《くみ》していることも、人ではないことも関係無い。この腕に抱えし命は、いつだって守るべきものだ。

「――大丈夫じゃ。そなたと彦十郎の欠片は、私が守る」

幼く高い、だが誰もが聞き入らずにはいられないほど慈悲深い囁きと共に、腕の中の感触がかき消えた。純皓もろともくずおれそうになり、光彬はとっさに両手をつき――そのまま硬直する。

鋼鉄に覆われた弾が、かろうじて残っていた火の見やぐらのてっぺんのあたりでぴたりと停止していたのだ。まるで見えざる手に受け止められたかのように。

その手の、主は。

血に染まった千早を翼のごとくはためかせ、空高くから恵渡を見下ろしていた。

――神よ。

恵渡のあらゆる場所で、誰もが白き光に包まれた神々しい姿を仰ぎ、拝んだだろう。

爆撃の音はいつまで経っても聞こえてこない。神の見えざる手は、南蛮船から発射された全ての砲弾を受け止めたのだ。

神の御業《みわざ》はそれだけでは終わらない。玉兎がさっと手を振ると、砲弾は熟《う》れすぎた果実のようにぐじゅぐじゅと腐食《ふしょく》し、最後には腐汁となって地面に落ちてゆく。全く同じ現象が、各地で起きているに違いない。

どん、どん、どどどんっ！

またもや大気が揺れる。

忙《せわ》しない砲撃は、南蛮船の船員たちの驚きと恐怖を表しているようだった。あれだけ大砲を撃ち込まれたにもかかわらず、恵渡の町からは火の手すら上がっていないのだから当然だろう。

肝心なところで役に立たなければ、西班牙王国《スペイン》、葡萄牙王国《ポルトガル》としても面目を保てない。欧羅《ヨーロッ》巴《パ》の雄《ゆう》の誇りを示さんとばかりの砲撃が続くが、どの砲弾も本来の破壊力を発揮出来ぬまま、神の力によって腐食させられていく。

やがて砲撃の音が聞こえなくなると、光彬は純皓の手を借りて起き上がった。

「…効果が無いと見て、退《ひ》いたのか？」

「いや…、たぶん弾切れだろう」

いかに堅牢《けんろう》巨大な南蛮船といえども、砲弾を積み込める場所は限られている。ましてや南蛮から陽ノ本までの長距離航海だ。積荷は食料が優先され、砲弾の数は通常より少ないはずだと純皓は分析する。

運んできた全ての砲弾を、南蛮船は使い切ってしまったのだ。乗組員が上陸し、白兵戦《はくへいせん》を挑《いど》まれる可能性はあるが、砲撃によって町を壊滅させられる危機は去った。

「……良かった……」

安堵の息を吐いた神が地上に降りた。

…いや違う、落ちたのだ。鬼讐丸の一撃を受けた左肩に亀裂が入り、輪郭《りんかく》を失った身体が卵の殻《から》のようにぽろぽろと崩れてゆく。

「…玉兎…、お前、どうして…」

消滅しようとしているのだと、光彬は本能的に悟った。鬼讐丸に負わされた痛手を癒《い》やせぬまま、あれだけの神威《しんい》を発揮したせいで。

「……陽ノ本が在《あ》る限り、彦十郎とそなたの欠片は生き続ける。私もまた、その中に……」

満足そうに微笑む小さな顔を、亀裂はむしばんでゆく。光彬はとっさに手を伸ばしたが、もはや玉兎はほとんどが淡い光の結晶と化していた。

「ありがとう――光彬《てるよし》」

それでも、最期の言葉ははっきりと光彬の耳に届いた。

「っ…、玉兎、……待て、……玉兎おおおおっ！」

薄い玻璃《はり》の器が割れるような澄んだ音をたて、光の結晶は砕け散った。小さな光の粒はしばらく光彬の周りを蛍《ほたる》のように浮遊し、伸ばされたままの指先にそっと留まった後、空気に溶けてしまう。

理屈抜きで悟った。…玉兎はもうどこにも居ない。神は死なず、ただ消滅するのみだ。魂が冥府《めいふ》に降《くだ》り、輪廻《りんね》することも無い。

完全なる『無』。それが神の終焉《しゅうえん》なのだ。

けれど玉兎は生き続ける。光彬の中に――光彬と彦十郎を愛してくれる全ての人々の中に。

だから悲しまなくていい。

わかっている。

「……、……っ……」

わかっているのに、純皓に横から肩を抱かれると涙がこぼれた。

「…主殿頭の邸《やしき》から逃げ出した時、あいつは何か強い衝撃を受けて耐え切れなかったように見えた。それがずっと疑問だった」

　前を向いたままの純皓の心遣いがありがたかった。嗚咽を噛み殺すみっともない顔など、妻であっても見せたくはない。

「今わかった。…あいつは、お前には見えた彦十郎どのが自分には見えなかったことが、たまらない衝撃だったんだ」

　だが彦十郎はさっき玉兎の前に現れた。一陣の風が吹き抜けるまでのごくわずかな間だったが、自分にだけ見えた彦十郎が謝罪を受け取ってくれたことで、長年の後悔が解消されたのだろう。

「きっとそうだろうな。…お祖父様のおかげで助かったようなものだ」

「…それは違うぞ、光彬」

　純皓の指がぐっと肩に食い込んだ。

「彦十郎どのには助けられたかもしれない。だが玉兎に恵渡を守らせたのは、間違い無くお前だ」

「……俺、が？」

「正確にはお前と、お前が守ってきた者たちが、だな。…彼らは語り継ぐだろう。将軍と共に戦い、神に救われた今日という日を」

「……陽ノ本が続く限り……俺たちが死んだ後もずっと、か」

百年後、二百年後の陽ノ本など光彬には想像もつかないが、今日という日を穏やかに振り返れるくらい平和であって欲しいと思う。

明日を生きる者たちのためにも、今日を生きる光彬たちは戦わなければならないのだ。

純皓の手巾《しゅきん》で顔を拭いていると、どこからともなく雪華が現れた。純皓の乗ってきた鹿毛も後ろに従えている。もうすっかり女王とその家来だ。

「おお、雪華。怪我は無いか？」

光彬が首筋を撫でてやると、雪華はぶるるんと嬉しそうに鼻を鳴らした。

ざっと見た限り、雪白の馬体のどこにも怪我は無いようだ。玉兎の起こした竜巻に巻き込まれなかったかと心配していたのだが、うまく避難し、ことが治まったのを見計らって出て来てくれたらしい。

くくり付けておいた金龍王丸も傷一つ無く守ってくれていた。世話係が『馬の姿をした聡明な美女のようでございます』と誉めるのも納得である。

「こちらも怪我は無いようだ。…城に引き返すか」

鹿毛の馬体を確認し終えた純皓が提案する。

南蛮船の砲撃に頼れなくなり、玉兎の加護も失った。地上も民まで加わった連合軍に押されている今、隆義が逆転する方法はたった一つだけだ。

…恵渡城を攻め落とし、光彬の身柄を確保することである。光彬は不在なのだが、西軍を引き付けるためにも、城の守りに残った門脇《かどわき》と主殿頭は将軍が城で指揮を執《と》っているように見せかけているだろう。

そうしよう、と頷きかけた時だった。ぴしりと小さな音が聞こえたのは。

「……鬼讐、丸……？」

自然に吸い寄せられた視線の先で、鬼讐丸を収めた黒塗りの鞘が砕けていく。

馬鹿な、と光彬は息を呑んだ。年代物の鞘だが手入れは欠かしていない。ひびが入るだけならまだしも、こんなふうに突然壊れるなんてありえないのだ。

だが鞘の崩壊は止まらない。刀身《とうしん》が剝き出しになる前に鬼讐丸を抜き――つかの間、息が止まる。鞘のみならず、鋼の刀身にまで細かい亀裂が入っていたせいで。

真っ白になった脳裏に、さっきの玉兎が浮かんだ。限界を超えて力を振るい、微笑みながら消滅していった幼き神。

「馬鹿な…、…お前までもが、どうして…」

「光彬……！」

純皓が雪華を…いや、雪華の背中を指差した。鞍に回された組紐《くみひも》が勝手に解《ほど》けていく。

くくり付けられていた金龍王丸が宙に浮かび上がると、そのまま光彬の傍らに飛んできた。

ひとりでに黄金装飾の鞘から抜け、黄金の龍の彫《ほ》られた絢爛かつ勇壮《ゆうそう》な刀身が露《あら》わになる。幕府の弥栄《いやさか》と平和の祈りの込められた黄金龍。名工によって彫られし龍の眼《まなこ》に光が灯《とも》った。

——鬼讐丸どの。

錆《さ》びた声と共に直垂を纏《まと》った偉丈夫《いじょうぶ》が現れ、ひびの入った鬼讐丸の刀身にそっと大きな手をかざした。応えるように鬼讐丸が震え、童形《どうぎょう》から成長を遂げた凛々しくも麗《うるわ》しい青年が光彬の瞳に映る。だがその姿は向こう側の景色が透けて見えるほど淡い。

純皓が唸《うな》った。

「今にも、空気に溶けちまいそうだな…」

「…純皓、見えるのか⁉」

今まで剣精たちの姿は、主人である光彬にしか見えなかったのに。

ぎょっとしながら金龍王丸を見れば、無言で頷かれた。どうやら金龍王丸が何らかの力を使い、純皓にも彼らの姿が見えるようにしてくれているらしい。きっと声も聞こえているのだろう。そうするべきだと…光彬の伴侶にもこれから起きることを見せるべきだと、金龍王丸は判断したのだ。

「純皓、金龍王丸と鬼讐丸だ。二人とも俺の刀に宿る存在で、俺をずっと助けてくれていた」

「……！　そう、か。この二人が……」

純皓は鬼讐丸の出自《しゅつじ》や、いわくを知っている。ずっと光彬の傍に居ただけあって、二人が人ならざる存在だと信じてくれたようだ。

鬼讐丸も純皓が自分を見ているとわかったのか、ふわりと微笑んだ。いつもの快活な笑顔とは違う、淡雪のように儚げなそれに、光彬の胸は不吉に騒ぐ。

――すまぬ、あるじさま。われは、……ここまでじゃ。

「…な、……何を言うのだ⁉」

鬼讐丸は悲しげに微笑んだまま答えない。そのわけはすぐにわかった。

さっきよりも刀身のひびが広がっている。もはや喋《しゃべ》ることさえ、鬼讐丸には大きな負担なのだ。かろうじて姿を保てているのも、金龍王丸の助けあってこそなのだろう。

……何故だ。何故なのだ。

華麗に成長して復帰し、光彬の窮地を救ってくれた。以前はまるで歯が立たなかった玉兎に手傷を負わせ、追い詰めてくれたではないか。これからもずっと共に戦ってくれると信じていたのに。

――鬼讐丸どのは神を打倒するため自ら成長された。だがそれは、我らにとっては禁忌だったのです。

喋れぬ鬼讐丸の代わりに、金龍王丸が重たい口を開いた。その手は淡く明滅する鬼讐丸の背中を支えている。

――本来ならば、我ら物質に宿りしモノは長い時間をかけ、自然と力を蓄《たくわ》えながら成長してゆきます。そうして百年、二百年の時を超えた者だけが付喪神《つくもがみ》と呼ばれる存在に変化《へんげ》するのです。鬼譬丸どのもいずれそうなったことでしょう。…しかし鬼譬丸どのは、百年など待ってはいられなかった。

金龍王丸の瞳が悲哀を帯びた。

——自力での成長は、生きる者…寿命に縛られた者のみに与えられた特権。その禁を破った代償として、……鬼譬丸どのは、消滅しなくてはなりませぬ。

「…………！」

……ありえない。そんなことがあってたまるものか……！

猛烈な反発心が怒りの炎と共に燃え上がる。だって。…だって、鬼譬丸は。

「まだ、……こんなに、幼いのに……」

妖刀《ようとう》だった鬼譬丸と、今の鬼譬丸は別の存在だろうと光彬は思っている。少々気位《きぐらい》は高いが心根《こころね》の優しいこの剣精に、人を呪うことなど出来るはずがないからだ。妖刀に込められた憎悪にがんじがらめにされ、祟《たた》りをなしていたのだろう。

それが彦十郎に、そして光彬の手に渡り、長い時間をかけて浄化され、守護剣精として目覚めたのが今の鬼譬丸なのだ。だからこそ戦乱の世から受け継がれてきたにもかかわらず、その姿は幼い童のものだったのだろう。

「まだ、……わずかな間しか、共に過ごせていないのに……」

共に在《あ》った日々があまりに濃厚なので忘れそうになるが、目覚めた鬼讐丸が光彬の前に現れ出《いで》てから、ほんの四年ほどしか経っていない。

…もっともっと、長い時を共に生きていけるのだと何の疑いも無く思っていた。人たる自分がこの世を去った後も、鬼讐丸は剣精として在り続けるのだと。…今にして思えば、あまりに無邪気な思い込みだったのだが。

主殿頭の邸で、玉兎に一撃を喰らわせた時の違和感がよみがえる。正しい方向へ進んでいるはずなのに、足元にぽっかりと深い穴が口を開けているような感覚は…あの時から鬼讐丸の消滅が始まっていたからだったのか…。

——嘆《なげ》くな、あるじさま。

ぴし、ぴしぴし。

刀身のひびが広がってゆく。完全に砕け散った時こそ終わりの時だと…命を縮める行為だと承知の上で、鬼讐丸は言葉を紡ぐ。陽炎《かげろう》のように揺らめきながら。

——われは幸せ者じゃった。天下万民《ばんみん》の平和を守る、あるじさまの守護剣精になれたのじゃもの。刀に宿りし者として、これ以上の誉《ほま》れがあろうか。

「…き…、しゅう、…まる…」

いくな、と伸ばしかけた手を、光彬はきつく握り込んだ。

鬼讐丸は己の最期を受け容れ、満足して旅立とうとしている。それを引き止めるのは鬼讐丸

に対する侮辱《ぶじょく》だ。

涙は、悲嘆は、光彬を守るため禁忌を犯した鬼讐丸へのはなむけにはならない。

ならば――。

「……礼を言う、鬼讐丸」

鬼讐丸の柄をそっと握り直し、光彬は笑った。視界が妙にゆがむ。本当に笑えているかどうか自信は無かったが、純皓が頷いてくれたからきっと笑えたのだろう。

「お前は我が魂、……最上にして唯一の、我が愛刀だ」

――あるじ、さま……。

顔をくしゃくしゃにする鬼讐丸に、童形の頃のあどけない笑顔が重なった。ほとんど消えかけた手が光彬のそれに重なる。

初めて触れ合えた。…そしてきっと、これが最期だ。

――……ご武運《ぶうん》、を。

「鬼讐丸……っ……！」

りぃ……、りぃぃぃ――ん……。

ひびが鍔《つば》まで到達した瞬間、澄んだ高い音をたてて鋼の刀身は砕け散る。鍔と柄も鋼の破片と共に光の粒と化し、霧散《むさん》していった。

後には何も残らない。残されたのは、光彬たちの記憶に刻まれた思い出だけ。だがこの記憶もまた鬼讐丸の欠片となり、語り継がれる限り生き続けるのだろう。

――お美事《みごと》なり。

短い賛辞に、金龍王丸の万感《ばんかん》が込められていた。

きっと金龍王丸は鬼讐丸の決意を知らされていたのだろう。だから鬼讐丸が修行に旅立つ際、共に光彬の前に現れたのだ。さっき城を出立《しゅったつ》する前に自分も連れて行くよう申し出たのも、玉兎打倒が果たされれば鬼讐丸は消滅すると悟っていたからに違いない。

金龍王丸と鬼讐丸。出自は違えど共に同じ主君を持つ刀同士、通じるところがあったのか。鬼讐丸の代役を務める間、光彬の前にあまり姿を現そうとしなかったのは、鬼讐丸に敬意を払ってのことだったのかもしれない。

光彬はまだ鬼讐丸の感触の残る手をすっと伸ばした。金龍王丸の姿が宙に浮いていた刀に吸い込まれ、自ら光彬の手に収まると、残る鞘がひとりでに刀身に覆いかぶさる。

「…戦いはまだ終わっていない。行くぞ、純皓」

金龍王丸を腰に差しながら言えば、純皓は痛ましそうに首を振る。

「光彬。確かに今は危急《ききゅう》の時かもしれないが、少しくらい休んでもばちは当たらないぞ。俺じゃなくても…鬼瓦《おにがわら》でも主殿頭でも、皆そう言うはずだ」

優しく抱き締められそうになり、光彬はとっさに後ずさる。呆気《あっけ》に取られる妻に、慌てて言い繕《つくろ》った。

「いや、違う。今のはその、違うのだ」

「…何が？」

「今、お前に抱き締められると、その……お前の腕から出られなくなってしまいそうで」

思わず逃げてしまったのだと訴えれば、純皓は苦虫を噛み潰したような顔になった。苛立たしげに髪を掻《か》きむしり、耳元で囁く。

「お前、……覚悟しておけよ」

「えっ……」

何を、と聞き返そうとした時には、純皓は馬上《ばじょう》の人となっていた。不敵な笑みに、光彬は悟る。ともすれば地の底まで落ち込みそうな光彬の心を浮上させるため、純皓はわざとあんな行動を取ったのだと。

ぶるる、と雪華が慰めるように白い鼻面《はなづら》を近付けてくる。つややかな毛並みを撫で、光彬もまた愛馬にまたがった。

……俺は止まらんぞ、鬼讐丸。必ず隆義の野望をくじいてみせる。

胸に浮かんでは消える面影に、光彬は誓う。

後ろは振り返らない。

鬼讐丸の献身に報《むく》えるのは涙ではない。勝利の栄光だけなのだから。

両國橋《りょうごくばし》を渡った西側は、玉兎《ぎょくと》が消滅する前とは様子が一変していた。

そこかしこに展開していた西軍《せいぐん》の姿は無く、代わりに連合軍の兵が小隊を組んで歩哨《ほしょう》に当たっている。通りを行く町人たちは必ず呼びとめられ、身元を厳しく検《あらた》められた後、なるべく出歩かないよう言い含められてから解放されていた。

「もし、そこの御仁《ごじん》。申し訳無いが下馬《げば》された上、身元検めに応じられたし」

光彬《みつあき》と純皓《すみひろ》もまた、恵渡《えど》城に近付こうとしたところで小隊に取り囲まれた。

隊長らしい壮年の侍《さむらい》の態度が丁重なのは、極上の馬に乗った光彬たちが一見して大身《たいしん》の武家だとわかるからだろう。それにしては甲冑《かっちゅう》も纏《まと》わず、二人だけで行動しているのを怪しまれたらしい。

「すまんが下馬は出来んのだ。急いでいるのでな」

「な、……にぃ？」

不信感を高めた隊長だが、光彬の腰に目を留めたとたん厳《いか》つい顔を強張らせる。

黄金龍の細工を拵《こしら》えに使えるのは、将軍とその一族だけだ。幕臣《ばくしん》なら最下級の御家人《ごけにん》でも知っている。将軍の愛馬が主君以外は決して乗せない気位《きぐらい》の高い白馬であることも、一部では有名な事実である。

「ま、まま、まさか貴方《あなた》は、…いえ貴方様は…っ…」

「――しっ」

そっと鹿毛《かげ》を近付け、人差し指を立ててみせたのは純皓だ。めったにお目にかかれない美形の謎めいた笑みに心を鷲摑《わしづか》みにされ、隊長は頬を真っ赤に染める。

「上様は訳あって外へ出られていたが、これから城へ帰還されるところだ。西軍との戦いが如何《ど》何《う》なったか、その前に状況を確認しておきたいと申されている。報告して頂きたい」

「や…、…やはり、上様であられましたか…！」

隊長は生まれたての小鹿のごとく両脚を震わせたかと思えば、光彬を伏し拝《おが》みながらひざまずいた。

「う…、上様!?」

「…何と、何と凛々《りり》しいお姿じゃ…」

「かような場で拝謁《はいえつ》が叶おうとは。おお…、この誉《ほま》れ、末代《まつだい》まで語り継がねば……」

配下の侍《さむらい》たちも隊長に続けとばかりにひざまずいていく。

雪華《せっか》は『それでよろしい』と言いたげに鼻を鳴らすが、光彬としてはここであまり目立ちたくはない。まだ西軍の正確な状況も摑めていないのだから。

「…皆の者、今我らは戦場に在《あ》るのだ。礼儀は無用ゆえ、立つがよい」

光彬は馬上から呼びかけるが、逆効果だった。皆歓喜に身をぶるぶると震わせ、地面に額をこすり付ける。

……どういうことだ、これは？

お目見え以上の旗本《はたもと》であっても、ここまで将軍の近くに寄れる機会は一生に一度も無い。思いがけない幸運に感動するのは当然なのだが、少々感動の度が過ぎている。

「上様が困っておられる。立ち上がられよ」

見かねた純皓が呼びかけると、隊長だけがそろそろと顔を上げた。だが光彬と目が合ったとたん、すさまじい勢いでひれ伏してしまう。

「…お…、お許し下さい。恵渡《えど》の守護神の加護《かご》を受けられた上様と、我らごときが立って言葉を交わすわけには参りませぬ。天罰が下されてしまいまする」

初めて聞いた言葉に、光彬と純皓は顔を見合わせた。

「恵渡の……」

「……守護神？」

何だそれは、と問うまでもなく、隊長がひれ伏したまま説明してくれる。

「天より舞い降り、南蛮船《なんばんせん》の大砲から我らをお救い下さった白き神が仰《おお》せになったのでございます。『将軍の治めし恵渡を嘉《よみ》さん』と、頭の中にそれはもう慈悲深きお声が響きました。それがしのみならず、配下の者も全員聞こえたと申しております。きっと神のお姿を拝した全ての民《たみ》に聞こえていたかと」

見合わせた純皓の顔に納得の色が広がっていく。光彬もそうだろう。

……玉兎か。やってくれたな。

たぶん、兵や民の士気を上げようとしてくれたのだろう。神に祝福されれば、自分たちの戦いは正しいのだといっそう奮《ふる》い立つはずだから。光彬と純皓にだけ聞こえなかったのは悪戯《いたずら》心《ごころ》か、照れ臭かっただけか。何となく両方のような気がするが。

そして神の祝福の効果は、絶大だったようだ。

「神のご加護を受けし上様の臣下たる我らが、田舎侍《いなかざむらい》ふぜいに遅れを取るなど許されませぬ。我らの凛々《りんりん》たる勇気に臆《おく》したか、西軍どもは突如《とつじょ》統制を失い、ばらばらに敗走《はいそう》を始めました。そこへ我らは挑《いど》みかかり、抵抗する者は討《う》ち取り、降伏《こうふく》する者は捕縛《ほばく》したのでございます」

「…そうであったか…」

西軍がいきなり敗走を始めたのは、玉兎の消滅により強化された肉体が元に戻ってしまったせいだろうと光彬には想像がつく。

だが何も知らぬ者たちにとっては、それこそ奇跡にしか思えなかっただろう。…将軍を守護する神が起こした、奇跡。その代償として、光彬が必要以上に崇拝《すうはい》されてしまうという弊害《へいがい》が生じているわけだ。

「捕縛した西軍兵は松波備中守《まつなみびっちゅうのかみ》様のご指示にて、町奉行所《まちぶぎょうしょ》の牢《ろう》に連行しております。残る西軍は本陣に集結し、恵渡城への総攻撃を目論《もくろ》んでいる模様」

「西軍の本陣は今、いずこに?」

「恵渡城大手門前《おおてもんまえ》にございます。逆賊《ぎゃくぞく》の頭《かしら》、志満津隆義《しまづたかよし》めもおそらくはそこに居るものかと」

光彬が神の加護を受けたと騒がれる以外は、ほとんど予想通りの状況になっているらしい。

……いや、予想よりもはるかにいい状況だぞ。

玉兎のおかげで大砲の脅威は去り、西軍も弱体化された。大手門前に西軍が集結しているということは、そこを一網打尽《いちもうだじん》に出来れば…隆義を討ち取れれば、この戦いに決着をつけられるということだ。

隆義は光彬が城に立てこもっていると思っている。市中を警戒中の幕府軍は残党勢力の制圧が精いっぱいだ。つまり背後からの襲撃は、隆義の想定外ということになる。だからこそ最も警備の厚い大手門前に堂々と本陣を張ったのだ。

ならば光彬のなすべきことは、一つしか無い。

「……行くか?」

不敵に笑う妻に、光彬もにっと笑い返した。

「むろんだ」

「うう、うううっ、上様っ⁉」

狼狽したのは隊長とその配下たちである。敵の総大将が待ち構える本陣にたったの二騎で突撃するなど、普通に考えれば死にに行くようなものだ。しかも光彬が討ち取られたら、その時点で幕府の敗北が決定してしまうのである。

「お待ち下さいませ。いかに上様といえども、それは……っ……」

「志満津隆義は狡猾《こうかつ》な野獣のごとき男。いかなる罠《わな》が待ち構えているかもわかりませぬ」

「どうか、お考え直しを！」

取り囲む配下たちまでもが涙ながらに懇願《こんがん》する。雪華が一歩踏み出せば、縋《すが》り付いてでも止めようとするだろう。光彬と雪華なら、強行突破も不可能ではないが…。

「案ずるな。余《よ》は負けぬ」

光彬は敢えて将軍の威厳を纏い、金龍王丸《きんりゅうおうまる》の柄《つか》に手をかけた。大広間に居並ぶ大名《だいみょう》たちすらひれ伏させる圧倒的な覇気《はき》に、隊長と配下は呆然と硬直する。

「そなたたちが命を賭《と》して作り出してくれた好機を無駄にはせん。……民を頼むぞ」

ふっと光彬が表情を緩めるのに合わせ、張り詰めていた空気も緩む。

隊長たちは示し合わせたように立ち上がるや、道の両脇に分かれて並んだ。騒ぎに駆け付けた他の幕府軍の兵たちまでもが続き、道はあっという間に中央だけを残して兵に埋め尽くされる。

「ご武運《ぶうん》を！」

隊長の雄叫《おたけ》びに、兵たちが次々と唱和《しょうわ》する。

「ご武運を！」

「我らが上様に勝利の栄光あれ！」

「民は必ずや我らが守り抜いてみせまする！」

「どうか逆賊めを…、倒して下され……っ！」

男泣きにむせびながら光彬を見送る兵の中には、甲冑が無惨《むざん》に破壊され、手傷を負っている者も多い。きっと何人もの肉親や仲間たちを看取《みと》ったのだろう。彼らの犠牲と献身があったからこそ、隆義は恵渡城に総攻撃を仕掛けざるを得ないところまで追い詰められたのだ。

雪華の腹を軽く蹴《け》り、光彬は己の胸に拳《こぶし》をぶつける。

「――任せよ！」

おおおおおおおおおおっ…………！

地鳴りにも似た鬨《とき》の声が市中にとどろいた。


……今、何か聞こえたような……。

恵渡城大手門の虎口《ここう》に身をひそめながら、永井彦之進《ながいひこのしん》は耳を澄ました。

慣れない甲冑を身に着けているせいで動きづらいが、それは他の朋輩《ほうばい》たちも同じことだ。実は彦之進の祖父と同年代だという御頭《おかしら》の山吹《やまぶき》まで、男子としては華奢《きゃしゃ》な身体に甲冑を着けている。それでいて動きにまるで危なげが無いのだから恐れ入る。

「如何《いかが》した、永井」

あちこちに耳を向ける彦之進に気付いた朋輩が不審そうに話しかけてきた。

「あ、……その、何か聞こえたような気がしたので、確かめようと……」

「何か？　田舎侍どものがなり声ではないのか？」

朋輩は忌々《いまいま》しそうに大手門を睨み付ける。

分厚い扉の向こうには、西軍――と呼ぶのも業腹《ごうはら》だが――の総大将にして大罪人《たいざいにん》、志満津隆義が本陣を構えているはずだった。いつ総攻撃を仕掛けてきてもおかしくないため、城側も大手門に軍を集結させたのだ。

山吹以下、小姓組《こしょうぐみ》は命じられるまでもなく守備隊に加わった。それも最も危険の高い大手門の最前線で戦う決死隊である。出陣に際しては皆で水盃《みずさかずき》を交わし、家族に宛てて遺書をしたためた。

『将軍の治めし恵渡を嘉《よみ》さん』

白き神のお声が響き渡った瞬間、彦之進は悟《さと》った。城を出た上様が、神に認められるだけの偉業を成し遂げられたのだと。

城下町では幕府軍ばかりか諸藩《しょはん》軍、町人たちまでもが勇敢に西軍と戦い、敗走させたという。ならば自分たちも負けてはいられない。

隆義たち西軍は将軍が城奥で守られていると信じている。将軍の親衛隊である小姓たちが出撃すれば、将軍もそこに居るものと確信するだろう。

……上様は必ず逆賊を討って下さる。私たちの役割はそれまでの時間を稼《かせ》ぎ、逆賊どもの油断を誘うことだ。

光彬の勝利の礎《いしずえ》になれるのならば、死など恐れない。小姓組の総意である。

「いえ、田舎侍どもではございませぬ。あれはまるで……そう、鬨の声のような……」

「――二人とも、黙れ」

山吹が背中を向けたまま命じた。次の瞬間――。

…どしんっ！

大手門の扉が揺れた。外側から攻城《こうじょう》用の小型大砲で攻撃されているのだ。内側からは頑丈なかんぬきが掛けられ、何人もの兵が必死に押し返そうとしているが焼け石に水だ。あと少しすれば扉は破られ、西軍がなだれ込んでくるだろう。

大砲の弾がぶつかるたび、扉がたわむ。かんぬきがみしみしと悲鳴を上げる。

「――逝《い》くぞ！」

「応《おう》！」

槍《やり》を掲《かか》げて前進する山吹の背中を、彦之進たちも追いかける。

きっと百五十年前の天下分け目の決戦でも、自分たちの祖先はこうして神君光嘉公《しんくんみつよし》をお守りするために戦ったに違いない。

祖先の決死の抵抗で、佐津間《さつま》の藩祖《はんそ》は光嘉公の首級《しゅきゅう》を諦め撤退《てったい》せざるを得なかった。その子孫にも同じ結末を味わわせてやろうではないか。

……信じております、上様。貴方様は必ずや、我らと共に戦って下さると……！

先祖伝来の槍の柄を握り締める。

震えはいつの間にか止まっていた。


鬨の声に押し出されるように光彬たちは馬を進める。とうとう大手門に続く坂に差しかかったところで、どんっと轟音《ごうおん》が耳をつんざいた。

「…この音は、大砲か？」

まさか隆義は陸戦用の大砲まで南蛮から譲り受けていたのか。冷や汗をかく光彬に、純皓は首を振ってみせる。

「いや、たぶん攻城用の小型大砲だろう。戦乱の世の末期にも使われていたものだ。砲弾は巨大な鉄球で、中に火薬は詰め込まれていない。衝撃で扉や城壁を破壊するための兵器だな」

「ならば爆発の恐れは無いか。しかしぶつかればただでは済むまい。それに、攻城兵器が使われたということは…」

「…隆義が恵渡城への総攻撃を始めた、ということだな」

光彬と純皓は同時に馬の腹を蹴る。聡明な雪華は坂の上から死角になる部分を選んで走り、誰にも気付かれぬまま大手門前にたどり着いた。

普段なら登城した者たちが馬や輿《こし》を降りる下馬先《げばさき》に何百もの西軍兵がひしめき、殺気を漲《みなぎ》らせている。精鋭の馬廻《うままわり》組数十騎に囲まれ、じっと恵渡城を見据えるのは南蛮鎧《よろい》に身を固めた隆義だ。鋭い視線の先にある大手門は巨大な鉄球に破壊され、奥で迎え撃とうとする守備隊が姿をさらしている。

「全軍、突撃せよ！」

隆義は手にした軍配《ぐんばい》を振り下ろした。引き絞られ、放たれた矢のように西軍兵たちが突撃していく。

「将軍の首さえ獲《と》れば我らの勝ちじゃ！」

「我らが殿に勝利を捧《ささ》げよ！」

「志満津こそが陽ノ本《ひのもと》の覇者《はしゃ》であると、平和に浸《ひた》りきった恵渡のうすのろ共に思い知らせてくれるわ！」

市中戦でさんざんな目に遭《あ》ったにもかかわらず、彼らの士気は高い。神経の細い者が今の隆義と対峙《たいじ》しようものなら、殺気を浴びただけで失神してしまうだろう。

「……あの男。生まれる時代を間違ったな」

純皓と同じことを、光彬も思った。

兵を喜び勇んで死地に突撃させる、あの求心力。高い戦闘能力と指揮能力。汚名を着ようとも揺るがぬ胆力。百五十年前……いや、二百年前の天下麻《あさ》のごとく乱れていた時代に生まれたなら、猛将《もうしょう》、あるいは英雄として名を馳《は》せたに違いない。

だが戦乱の世は——同じ陽ノ本の民同士で争う時代はとうに終わった。これからは陽ノ本が一丸となり、迫《せま》りくる危機に立ち向かわなければならないのだ。陽ノ本を虎視眈々《こしたんたん》と狙うのは西班牙《スペイン》王国と葡萄牙《ポルトガル》王国だけではないのだから。

兵たちの去った本陣に残るのは馬廻組と隆義だけだ。輜重隊《しちょうたい》も控えてはいるが、彼らは武器弾薬や食料を守るのが務めだから戦力としては期待出来ない。

大胆にも隆義は己の身を危険にさらし、持てるほぼ全ての兵力を恵渡城攻略に投入したのである。通常なら暗愚《あんぐ》の誹《そし》りを免《まぬが》れないが、今回に限っては英断だ。光彬の首さえ獲れば、全てが逆転するのだから。

……だがそれはお前も同じだ、隆義。

恵渡城に殺到する西軍兵がいかに精強でも、大将が討ち取られてしまえば降伏せざるを得ない。隆義も光彬も、己の双肩《そうけん》に陣営の命運を乗せている。

「…待ってくれ、光彬」

純皓が馬を寄せ、そっと耳元で思いがけないことを囁いた。

しばし考え、光彬は頷く。重要なのは結果であって、誰がそれを成すかではない。

「わかった。お前を信じる」

「ありがたい。…この礼は、後でたっぷりとさせてもらう」

「期待しているぞ」

笑い合い、二人は同時に馬を走らせた。目指すは手薄になった本陣だ。馬廻組の壁さえ突破出来れば、その向こうに大将首がある。

……巡り合わせとは、奇妙なものだな。

百五十年前の天下分け目の決戦において、勝利を確信していた神君光嘉公を奇襲したのは隆義の祖先である佐津間藩祖だった。百五十年後、光嘉公の子孫である光彬が隆義に奇襲を仕掛けようとしている。

……だが結末まで逆転させるわけにはいかない。隆義…お前の首はここで獲る！

「て…っ、敵襲！　敵襲！」

光彬たちの姿を認めた歩哨が叫ぶ。馬廻組は敵ながら称賛《しょうさん》したいほど整然とした動きで馬を操り、隆義を守るように囲んだ。

「貴様ら、たった二騎で現れるとは何者だ！」

「ここが畏《おそ》れ多くも陽ノ本の王となられる隆義公の御座所《ござしょ》と知っての狼藉《ろうぜき》か⁉」

威嚇《いかく》する馬廻組は主人を守らんと奮《ふる》い立つ猟犬の群れのようだ。

実際、隆義に一歩でも近付こうものなら見事な連携で敵を仕留めるのだろう。馬廻組は主君の最後の盾《たて》。精鋭中の精鋭である。並の人間ならまき散らされる殺気に圧倒され、身動きが取れなくなるに違いない。

しかし光彬は恐れない。恐れる必要を感じなかった。…純皓が居る。共に戦う多くの仲間が、民が居る。

光彬は腰の金龍王丸を抜き、高々と掲《かか》げた。刀身《とうしん》に彫《ほ》られた黄金龍…将軍家の象徴が傾きかけた太陽の光を反射し、まばゆく輝く。

その光は馬廻組に囲まれた隆義にまで届いた。目を瞠《みは》る隆義に、光彬は問う。

「――余の顔、見忘れたか」

本陣に居合わせた者は輜重隊の雑兵《ぞうひょう》にいたるまで、同時に息を呑んだ。

光彬の顔を実際に見たことがあるのは隆義くらいだろう。だが誰もが確信した。この若者こそが天下を統《す》べる将軍、七條《しちじょう》光彬その人だと。

黄金龍の刀を所持しているからではない。見事な白馬にまたがっているからでもない。全身から滲み出る清冽《せいれつ》な支配者の気配は、天下を統べる将軍しか持ち得ないものだからだ。

「ま…、まさか将軍がこんなところに…?」

「将軍は恵渡城の奥で震えているのではなかったのか?」

恐れをなした輜重隊の兵たちは荷駄の陰に隠れ、ひそひそと言い交わすが、馬廻組の立ち直りは速かった。

「一番の手柄首がのこのこと現れるとはなあ!」

「その首、置いて行って頂くぞ！」

「今こそ不当に奪われた天下を取り戻す時じゃ！」

馬廻組が馬上槍《ばじょうやり》を構え、よく研《と》がれた穂先をぎらりと光らせる。

主人の闘志が伝わるのか、彼らのまたがる馬も意気軒高《いきけんこう》だ。

西海道《さいかいどう》は名馬の産地として知られているだけあって、いずれも甲冑武者を乗せてもびくともしない頑丈な馬体を誇る駿馬《しゅんめ》である。気性も荒く、戦場では地上の敵を自《みずか》ら踏み殺したと伝わっている。光彬が地面に引き倒されたら、間違い無く踏み潰されて死ぬだろう。

「それぇいっ！」

馬廻組がいっせいに馬の腹を蹴《け》る。その瞬間を待ちわびていたかのように、雪華がぐるりと天を仰《あお》ぎながらいないないた。

「――ヒヒィイイイインッ！」

高く、天まで届けとばかりに朗々《ろうろう》と。

澄んだ、だが怒りに満ちたいななきを人の言葉に訳すのなら『この無礼者！』だろうか。人間はその声量に驚かされるだけだが、馬たちには信じがたい効果を発揮した。

「…ぐぉおっ！」

「な、なぁあ…っ…!?」

そちこちで悲鳴が上がる。雪華のいななきが響いたとたん馬がぴたりと動きを止めたせいで、地上に振り落とされてしまったのだ。

全力疾走中の馬から地上に叩き落とされれば、甲冑を纏《まと》っていても無傷では済まない。

「う、動け、動かぬか！」

「どうしたのだ…、何故命令を聞かぬ…⁉」

かろうじて振り落とされずに済んだ者たちは必死に馬の腹を蹴ったり、手綱《たづな》を引いたりしているが、軍馬として厳しい訓練を受けてきたはずの馬たちはまるで動こうとしない。それどころか『鬱陶《うっとう》しい！』とばかりに主人を振り落とす始末。

彼らの大きな瞳に映るのは、純白のたてがみをさっそうと風になびかせ、女王の風格を漂わせる雪華だけだ。

佐津間藩の軍馬はほとんどが牡馬《ぼば》である。血なまぐさい戦場に舞い降りた雪の女王。将軍のみにしか心を許さぬ、麗《うるわ》しい高嶺《たかね》の花。その高貴なる美貌と魅惑の肢体《したい》の前には闘争心など簡単にへし折られ、少しでもいいから女王の歓心《かんしん》を買いたいと、それだけしか考えられなくなってしまう。

「……ヒンッ」

愚《おろ》かな雄《おす》どもを睥睨《へいげい》し、雪華は小さく鼻を鳴らした。人の言葉に訳すなら『わたくしの上様に対する無礼、その程度で償《つぐな》えるとでも？』だろうか。

——女王様がお怒りじゃ！

と、牡馬たちは青ざめた。…ように、光彬には見えた。

錯覚ではあるまい。何故なら牡馬たちは固い絆《きずな》で結ばれたはずの主人を蹴り散らしながら輜《し》重隊《ちょうたい》に突進し、荷駄を踏み潰していったのだから。

「う、うわぁぁぁ！　やめろ、やめてくれえええ！」

輜重隊は懸命に追い縋《すが》るが、興奮した馬の群れを人間が止められるわけがない。貴重な物資は瞬く間に破壊され、泥まみれにされた。食料も武器も二度と使い物になるまい。

ぶるる、と雪華が満足そうに鼻を鳴らす。

ようやく女王様のお怒りを解くことに成功した雄どもは歓喜し、大手門の方へ駆け去っていった。西軍を背後から襲って混乱させ、ますます女王様の歓心を買おうという魂胆らしい。

「…ひぃっ、何だこいつらは⁉」

「う、……馬？　馬が何故……」

西軍の後方からさっそく悲鳴が上がった。さすがにあの数の馬が戦況を左右することは無いだろうが、城の守備隊には大きな助けになるのは間違い無い。

「ブッヒン」

「よしよし、偉いぞ雪華。大手柄だ」

誇らしげに揺れる愛馬の頭を、光彬は優しく撫でてやる。実際、雪華はよくやってくれた。たった一頭で厄介な馬廻組を片付けた上、こちらの作戦のお膳立《ぜんだ》てまでしてくれたのだから。

ちら、と光彬は横を見遣った。…さっきまで並んでいたはずの純皓の姿は、無い。

「——惚れ抜いた男のためなら同族すら死地に向かわせるか。さすが将軍の女よのう」

隆義が悠然と髭《ひげ》を扱《しご》いた。混乱に陥《おちい》った本陣に一人残されてもなお、余裕は崩れない。吹き抜けた風に、紅天鵞絨《あかビロード》の長合羽《なががっぱ》が勝利の旗のごとくはためく。

「左近衛少将《さこんえのしょうしょう》……いや、志満津隆義。もはやお前を守る者は居ない。兵を引き、降伏せよ」

無駄と悟りつつも、光彬は宣告した。案の定、隆義は鼻先で笑う。もうわべの敬意を取り繕《つくろ》う気すら無いようだ。

「それは貴様も同じではないか？　供の者はどこぞへ逃げ去ってしまったようだが」

「……」

「神の加護とやらを授《さず》かって人の道理を忘れたか？　いかなる犠牲を払おうと、貴様の首さえ獲れば俺の勝ちよ」

すっと手を差し伸べる隆義のもとに、一頭の黒馬が歩み寄ってきた。雪華より一回りは雄大な馬体といい装着された虎皮《とらがわ》の鞍《くら》といい、隆義の愛馬だろう。雪華に睨まれてもびくともせず、隆義を背にまたがらせる。

隆義は片手で手綱を握り、不敵に唇を吊り上げた。

「さあ、……死合《しあ》おうか」

「敵襲！　敵襲ーっ！」

かすれた胴間声《どうまごえ》が響いた時、彦之進はとうとう死を覚悟した。

扉は破られてしまったが、門そのものや虎口は健在だ。守備隊は前線で戦う兵を適宜《てきぎ》入れ替えながら、攻め入ろうとする西軍を必死に押し返していた。

最前線の兵が疲労し、あるいは負傷して動けなくなったら、無傷の兵と交代するのだ。城壁の狭間《さま》からは弓矢や火縄銃《ひなわじゅう》を射かけ、敵の後方を狙う。城の防御能力あってこその戦法である。

彦之進も何度か前線で槍を振るったが、恵渡城を落とすしか勝ち目の無い西軍の闘志はすさまじかった。喉を貫《つらぬ》かれても最期《さいご》の一撃をくり出そうとする兵の執念には、そら恐ろしいものを感じた。

そのため守備隊の負傷者数は予想をはるかに上回る速さで増加中だ。前線から退《しりぞ》き、再び入れ替わる時間が最初より明らかに短くなっている。

下がっている間も城壁を乗り越えようとする兵を突き落としたり、負傷者の治療をしたりと休む間も無いというのに――この期《ご》に及んで更なる敵襲だと？

「…落ち着け。敵襲と叫んでいるのは西軍兵だ」

狭間から火縄銃を撃っていた山吹が振り返った。小姓組で最も西軍兵を討ち取ったのはこの人だ。槍と弓と火縄銃を状況に応じて使い分け、八面六臂《はちめんろっぴ》の活躍である。この人にだけは何があっても逆らうまいと心に誓ったのは言うまでもない。

「西軍兵が…？」

ということは、市中に展開していた幕府軍が加勢に来てくれたのか。市中の制圧にはもうしばらく時間がかかると聞いていたのだが。

「ヒヒィイインッ！」

「……えっ？」

西軍の後方から妙にやる気に満ちた馬のいななきが聞こえてきて、彦之進は面食らった。攻城戦では段差や狭い通路を移動しなければならないから、馬は役に立たない。攻め寄せている西軍にも騎兵は存在しないはずなのに。

「気のせいか…？」

「いや、私にも聞こえた。…あそこだ！」

山吹が破壊された扉の奥を指差した。

さっきまで怒濤《どとう》の勢いで守備隊に押し寄せていたはずの西軍兵たちが崩れ、散り散りになっている。彼らを追いかけ回しているのは…。

「…う…っ、……馬ぁ？」

「……馬だな」

「ああ、馬だ」

思わず間抜けな声を漏らしてしまった彦之進に、周りの朋輩たちがこくこくと頷いた。

何頭もの馬が西軍兵を背後から襲っている。鞍や鐙《あぶみ》は着けているが、騎手は乗っていない。

…敵襲とはあの馬たちのことなのか。

たかが馬、と笑うことは出来なかった。西軍の後方には隆義が本陣を構えているのである。

つまり西軍兵は背後を全く警戒していなかった。そこを急襲されれば、どんなに精強な軍でも大混乱に陥る。

「……今こそ反撃の好機！　上様の武威《ぶい》を田舎侍どもに見せ付けてやるのだ！」

山吹が細い身体からは想像もつかない大音声《だいおんじょう》で号令する。

頭よりも早く、彦之進の身体は反応した。血に染まった槍を握り、崩れた西軍目がけて突撃する。

「彦之進に遅れるな！」

「逆賊どもを蹴散らせ！」

「上様の御座所に、逆賊を踏み入らせてなるものか！」

大地を揺るがさんばかりの鯨波《げいは》が彦之進の背中を押してくれる。朋輩たち、いや、戦える兵全てが彦之進に続いているのだ。

ほんの少し前までは防御に徹していたのに、ふとしたきっかけで攻めに転じる。…これが戦場か。まるで興奮して手のつけられない獣のようだ。

「おおおおおおおおおっ！」

混乱から未だ立ち直れない西軍兵の背後を取り、甲冑の隙間を狙い澄まして貫く。朋輩たちも次々と西軍兵に襲いかかり、前後から挟み撃ちにされた西軍はたちまち総崩れになった。西軍兵にふさがれていた視界が開け、本陣まで見渡せるようになる。

「…っ、見ろ！　あれは…！」

朋輩の一人が叫んだ。つられて振り向き、彦之進の心の臓はどくんと跳ねる。

半壊した本陣で、二人の騎馬武者が対峙《たいじ》していた。

南蛮鎧を纏い、気性の荒そうな黒馬にまたがっているのは逆賊の長、志満津隆義だ。紅天鵞絨の長合羽を風になびかせる姿は、敵ながら小憎らしいほどの風格を漂わせている。離れていても肌を刺すような殺気は、正面から向き合おうものならまともに動けなくなるだろう。

そしてもう一方――戦場に舞い落ちた雪を思わせる、白馬にまたがるのは。隆義の殺気に小揺るぎもせず、黄金龍の刀を構えた武者は。

…間違い無い。間違えようが無い。

「……、……上様……」

呟いた瞬間、喉を焼いてしまいそうなほど熱いものがせり上がってきた。

……来て下さった……、本当に来て下さったのだ……。

共に戦うと言ってくれた光彬を、疑っていたわけではない。けれど彦之進は心のどこかで諦めていたのだろう。光彬は間に合わない。二度と生きては会えないのだと。…そんな自分が、今、心の底から恥ずかしい。

「と…っ…、殿、殿が……」

「殿を、…お助けせねば…」

敗走していた西軍兵たちも光彬と隆義に気付き、助太刀《すけだち》せんと駆け付けようとする。その項《うなじ》に、背後から飛来した矢が突き刺さった。

「——上様の邪魔をする愚か者は、この私が決して許さぬ」

彦之進では満足に引くことも出来なそうな大弓を構えた山吹が、何が起きたのかもわからぬまま死んだ西軍兵たちを冷ややかに見下ろした。彦之進もはっとして、隆義に駆け寄ろうとする西軍兵たちを追いかける。

……上様、上様、上様。

念じるたび、全身に力が湧いてくる。

「上様の、…邪魔を、……させるかぁっ！」

闘志のこもった槍を突いて突いて突きまくる。…自分たちは将軍の親衛隊だ。将軍と共に在《あ》る限り決して負けない。死なない。

……どうか存分なるお働きを。上様の背後は、我らが必ずお守りしてみせまする！

騎乗して戦うには、刀より射程《しゃてい》の長い槍の方が圧倒的に有利だ。だが隆義は腰の刀以外、武器らしい武器は所持していない。

その理由はすぐに判明した。隆義は長合羽の隠しから小型の銃を取り出したのだ。懐《ふところ》に収まるほど小さなそれに猛烈な悪寒を覚え、手綱を握り締めると、たてがみを逆立てた雪華が斜め横に素早く移動する。

ぱぁんっ！

次の瞬間、隆義の銃が火を噴いた。額を冷や汗が伝い落ちる。もしも雪華が動いてくれなければ、光彬は心の臓を撃たれて死んでいただろう。

「…それも、南蛮銃か」

「そうだ。片手で扱えるゆえ拳銃《けんじゅう》と名付けた。…欧羅巴《ヨーロッパ》の戦では騎兵も銃を使うのが当然だ。槍を振り回すなど、時代遅れもいいところよ」

ぱんっ、と再び発砲される前に、光彬は手綱をさばいた。

心得た雪華がさっきとは逆方向へ移動し、弾を避けてくれる。その足取りは軽やかだ。馬は臆病な生き物だが、落雷にも似た銃声に怯《おび》える素振りは無い。何とも頼もしい女王様である。

……短い間に連続で発砲してきた。予《あらかじ》め何発分かの弾を装塡《そうてん》してあるのだろうな。

馬の機動力に拳銃の射程が加われば、槍など及ぶべくもない威力を発揮する。さらに恐ろしいのは、何発の弾が込められているのかが不明なことだ。銃身の長さからして、そう多くはないはずだが…。

光彬は金龍王丸をいったん鞘《さや》に収め、両手で手綱を握った。隆義を仕留める刃《やいば》は、最後の最後まで秘めておかなければならない。

「くく…、将軍ともあろう者がずいぶんと消極的だな」

隆義はくつくつと喉を鳴らし、拳銃を隠しに仕舞うと、腰の刀に持ち替える。しばらくの間は逃げに徹し、弾切れを待つというこちらの狙いを読んだのだろう。

「仮にも征夷《せいい》大将軍を名乗るのならば、正面から打ちかかって来たら如何《どう》じゃ⁉」

ぐん、と黒馬が肉薄《にくはく》する。助走も無しで最高速度に達する、恐るべき脚力だ。

くり出される斬撃《ざんげき》をかわしざま、光彬は馬首《ばしゅ》を返して隆義の背後に回り込んだ。

拳銃は恐るべき武器だが、他の南蛮銃と同じ弱点がある。熟練の射手《しゃしゅ》であろうと銃弾をまっすぐにしか飛ばせない、ということだ。背面の敵を狙うには、射手が身体の向きを変えなければならない。

光彬は手綱を片手に任せ、金龍王丸の柄に手をかけた。鯉口《こいくち》を切ろうとした時だ。身体を二つに裂かれるような、とてつもなく嫌な予感に襲われたのは。

銃声が響く。

「……っ……！」

とっさに雪華の背中に伏せた頭を、銃弾がかすめていった。

隆義の長合羽に焼け焦げた穴《こ》が空き、銃口《じゅうこう》がわずかに覗いている。光彬が回り込む間に拳銃に持ち替え、背中を向けたまま長合羽越しに発砲したのだ。

気配だけを頼りに撃ったはずなのに、この狙いの正確さ。本人の資質に加え、相当な訓練を積んだのだろう。いつか幕府を打倒するために。

「良い勘をしておるではないか。それとも神のご加護とやらか？」

拳銃を構えたまま、隆義はゆっくりと馬の向きを正面に変える。

この男とて、玉兎によって大砲の砲弾が腐食《ふしょく》させられるところを目撃したはずだ。和皓《かずひろ》の肉体を脱ぎ捨てたあの幼き神が玉兎であることも、きっと見抜いただろう。

南蛮船を無力化され、協力者の神に裏切られ、朝廷との橋渡し役であった麗皓《つぐひろ》も死んだ。この一騎討ちに勝ったとしても、大半の兵を失った西軍では恵渡を制圧出来るかどうかも怪しい。

…にもかかわらず、この余裕は何なのか。

「神など、戦場《ここ》には居らん」

たぶん拳銃にはまだ銃弾が残されている。甲冑を纏っていない光彬なら、どこに喰らっても致命傷になる。

「居るのは――人間だけだ」

玉兎も鬼讐丸も、自らが争いを望んでいたわけではなかった。だがどちらも人間の思惑によって戦い、消滅していった。

神と人の戦いは終わった。ここから先は人と人の戦いだ。

「ほう……？」

隆義は意外そうに目を瞠った。

大手門の方から聞こえる喊声《かんせい》が心なしかさっきよりも大きくなっている。守備隊と西軍の戦いの趨勢《すうせい》は気になるが、今目を逸《そ》らせばその瞬間に撃ち殺されてしまう。

隆義も光彬を完全に侮《あなど》ってはいないのか、鷹《たか》のような眼差しを光彬から逸らさない。どどどど、と時折聞こえるのは、馬廻組を乗せていた馬たちの足音だろう。

「生きているうちに神の加護を受けたとなれば民は貴様に盲従《もうじゅう》し、貴様が号令をかければ海を越え、澳門《マカオ》や呂宋《るそん》の向こうまでも攻め入るだろう。為政者《いせいしゃ》としてこれ以上無い武器であろうに」

「…権威でもって盲従させ、扇動《せんどう》し、敵対しているわけでもない国々に民を攻め入らせる…か」

隆義らしいと思った。実際、隆義はその通りに行動してきたのだ。

だからこそ光彬は、認めるわけにはいかない。

「教えてやろう、隆義。それは為政者ではない。…独裁者と呼ぶのだ」

ぴくりと拳銃の銃口が揺れた。どどど、とまた馬が遠くを駆けてゆく。

「——何が悪い。陽ノ本は欧羅巴に五十年、いや百年は遅れを取っている。今の生ぬるい『ご政道《せいどう》』ではとうてい追い付けない。陽ノ本が奴らに比肩《ひけん》するには一度全てを壊し、血を流しながらも断固たる改革を成し遂げなければならぬのだ」

「幕府を倒そうとするのも、南蛮船を恵渡湾に招き寄せたのも、恵渡を砲撃させたのも、決して私利私欲のためだけではないと?」

「そう…」

「……たわけ者が!」

応《こた》えを待つ前に、光彬は一喝《いっかつ》した。

ともすれば身の内に燃え盛りそうになる怒りの炎を懸命になだめる。戦場で怒りに我を忘れれば、待つのは死だ。

「血を流しながらだと? 貴様は一滴でも己の血を流したのか?」

「…っ…」

「郁《いく》姫、麗皓、旧饒肥藩《じょうびはん》によって売りさばかれ、命を落とした民。民を守るため戦った連合軍、貴様の理想に追従《ついじゅう》した西軍。恵渡の民。……貴様の改革とやらのために血を流すのは、いつでも貴様より弱い者ばかりではないか!」

光彬は金龍王丸を抜き放《はな》った。

刀身の黄金龍に込められているのは祈りだ。

もう二度と陽ノ本に戦乱の世が訪れないように、民が戦場に駆り出されることが無いように。

神君光嘉公は平和をもたらすために散っていった数多の者たちの御霊《みたま》に祈りを捧げ、金龍王丸

を打たせた。

西の稜線《りょうせん》に沈みゆこうとする太陽の光が、光彬の掲げた刀身に降り注ぐ。黄金龍は陽光を浴び、燦然《さんぜん》と光り輝く。

「……う…っ、…くっ……」

隆義が眩惑《げんわく》されたのは短い間だっただろう。

だが、それでじゅうぶんだった。

興奮して戦場を駆けまわっていた馬の一頭が隆義に接近するには。その腹にぶら下がっていた純皓が軽業《かるわざ》のような動きで背中に登り、隆義の鞍の背後に飛び移るには。

「き…、…さま…っ…!?」

振り返った隆義の喉輪《のどわ》…喉笛を守るための鋼《はがね》の防具のわずかな隙間に、純皓は背後から小太刀の刃を押し当てる。もう一方の手で、拳銃を持った隆義の腕を押さえ付けながら。

光彬も金龍王丸を構えたまま隆義に雪華を寄せる。

利き手を封じられても、隆義の膂力《りょりょく》なら純皓を振り解《ほど》ける可能性はある。もし純皓が仕損じたら、光彬がとどめを刺さなければならない。

しかし、その必要は無かった。

「そうか、……そういう、ことか……」

くくっと愉快そうに笑った隆義の手から、拳銃がすべり落ちる。

どこまでも冷静に、純皓は刃を喉に食い込ませ——ひと思いに掻《か》き切った。勢いよく溢れ出た鮮血が大地に飛び散り、南蛮鎧を汚していく。

「……、……ひ、……ろ……」

拳銃を握っていた手が宙に差し出される。

握り返してくれる者は居ないが、隆義はひどく嬉しそうに微笑んだ。

それが志満津隆義の…陽ノ本を巻き込み、幕府打倒を謀《はか》った希代《きたい》の大罪人と後の世まで語り継がれる男の最期だった。

凶悪なまでの生気を張らせていた双眸《そうぼう》が閉ざされ、宙に差し出されていた手が落ちる。

……逝ったか。

重かった肩がにわかに軽くなるのを感じ、光彬は金龍王丸を鞘に収め、瞑目《めいもく》した。

心も身体も強靭《きょうじん》な、手強《てごわ》い敵だった。勝者になれたのはたくさんの仲間たちの支えあってこそだ。彼らが居なかったら、今こうして骸《むくろ》をさらしているのは光彬だっただろう。

……これで、少しは報《むく》いることが出来たのだろうか。

郁姫、麗皓、玉兎、鬼讐丸、奴隷《どれい》として売られていった名も無き民。互いの主君のために戦い、命を散らしていった兵たち。隆義の野望に巻き込まれ、死んでいった人々。彼らの魂がほ

ん の少しでも慰められればいいと思う。

おもむろにまぶたを開ければ、馬にまたがったまま、じっと隆義の骸を見下ろしていた純皓と目が合った。

主人と同様血気盛んだった黒馬だが、主人を殺《あや》めた人間を乗せても暴れ出す気配は無い。死は敗北であり、敗者にものを語る権利は無いと理解しているのか。はたまた、骸となってもなお主人を落馬《らくば》させせまいとしているのか。ぶる、と雪華が複雑そうに鼻を鳴らす。

「……良くやってくれた、純皓」

「ああ、……お前もな」

笑みを交わす光彬の脳裏に、本陣を奇襲する前のことがよみがえった。

『俺なら隆義を殺《や》れる。背後を取って首を切るから、お前はなるべくあいつの注意を惹き付けてくれ』

純皓は光彬にそう耳打ちをした。光彬は隆義を挑発し、その間に純皓を回り込ませるつもりだったのだ。

そこで雪華が馬廻組の馬を扇動すると、純皓は己の馬の腹に摑まり、女王様のために暴れる馬の集団に紛れ込んだ。

『それは貴様も同じではないか？　供の者はどこぞへ逃げ去ってしまったようだが』

案の定、隆義は純皓の姿を見失った。馬廻組の馬も純皓の馬も、集まってしまえば見分けはつかない。騎手が居なければ尚更である。

そこからの光彬は隆義の注意を惹く役割に徹した。時折、馬蹄《ばてい》の音が隆義の耳に入るよう動き、言葉を交わし、馬が走り回っていることに不審を感じないようにさせたのだ。金龍王丸の光は、純皓に対する決行の合図だった。

たぶん隆義は最期の瞬間、光彬の策に気付いたはずだ。

将軍として正々堂々と一騎討ちを挑んでおきながら、別の人間に背後から襲わせる。武家の棟梁《とうりょう》の風上にも置けぬと誇りを受けても仕方が無いのに、隆義は誇るどころか愉快そうに笑った。自らも卑怯な策を弄《ろう》してきたから、してやられた、天晴《あっぱ》れな敵だと痛快に思ったのかもしれない。

隆義の腕なら、光彬にそうしたように、背後を取った純皓を撃てたはずだ。逆転の可能性はじゅうぶんにあった。

それを、自らなげうったのは。

「……隆義は、麗皓を殺めたのと同じ者の手にかかって死にたかったのかもしれんな」

純皓にもたれた隆義の死に顔は、志半《こころざしなか》ばにして殺されたとは思えぬほど安らかだ。生前の隆義を知る者なら、本当に隆義かと疑うかもしれない。

純皓も静かに頷いた。

「俺も同じことを思った。佐津間藩邸でこいつと遭遇した時に、な。…俺の手にかかるのなら、無駄な抵抗もせずに殺されてくれるだろうと」

「隆義は麗皓を、……特別に思っていたのだな」

愛していた、とは言えなかった。いや、言いたくなかった。光彬の思う愛は互いを滅びに導くものではなく、泥水をすすってでも共に生きようとするものだから。

「そうだな。あいつを殺したのと同じ者の手にかかれば、同じところへ逝けるとでも考えていたのかもしれない」

「…逝けたと思うか？」

「あいつは逃げ足が速そうだからな。逝けたとしても逃げられるんじゃないか？」

絶命の寸前に伸ばされた手は、意中の人に届いたのか。

死者は黙《もく》して語らない。語るのは生き延びた者の役目だ。

「……様！　……上様――――！」

遠くから馴染んだ声が届く。

振り返れば、大手門から守備隊の兵たちが駆け寄ってくるところだった。先頭で手を振っているのは彦之進だ。背後には山吹や小姓組たちが続く。

「彦之進、西軍は？」

光彬が問うと、彦之進はがばりと平伏した。

「奮闘しておりましたが、志満津隆義が斃《たお》れると同時に全員投降《とうこう》いたしました。幕府の、……

上様の勝利にございます！」

「おめでとうございまする！」

高らかに言祝《ことほ》ぐ山吹に、『おめでとうございまする！』と駆け付けた者たちが唱和する。

馬上からは彼らの姿がよく見えた。誰もが手傷を負い、甲冑のあちこちが損傷し、無事な者は一人とて居ない。

「――違う。俺の勝利ではない」

光彬は臣下たちを見回し、最後に純皓と頷き合ってから再び向き直った。不審そうな顔の臣下たちに破顔《はがん》してみせる。

「これは我らの…我ら全員でもぎ取った勝利だ。……大儀《たいぎ》であった！」

生き残った者たちを祝福するように、紅い夕日がひときわまばゆく輝いた。

一瞬の沈黙の後、歓声が湧き起こる。

「勝った！　勝った！　勝った！」

「上様の勝利じゃ！　我らの勝利じゃ！」

「恵渡万歳！　陽ノ本万歳！　上様万歳！」

……聞いているか？　鬼讐丸、……玉兎。

空を仰いだ光彬は、天に感謝を捧げているようにしか見えなかっただろう。ただ一人、黒馬を降りてそっと寄り添ってくれた純皓以外には。

勝者の総大将である光彬の最大の役割は勝利を喜ぶことだ。それこそが死んでいった者たちへの何よりの手向《たむ》けになる。

だから、涙を見せてはならないのだ。

……お前たちの欠片《かけら》は俺たち全てに受け継がれた。陽ノ本が続く限り、お前たちの欠片も生き続ける。

西軍総大将志満津隆義、将軍との一騎討ちに敗《やぶ》れ死亡。

その一報は瞬《また》く間に恵渡じゅうを駆け巡った。

「やった、やった、やったぁ！」

「俺たちの上様が、田舎侍《いなかざむらい》の頭目《とうもく》を倒して下さったんだ！」

民《たみ》は閉じこもっていた家から次々と飛び出し、誰かと出くわすそばから熱い抱擁《ほうよう》を交わしては喜びの涙を溢れさせた。

知り合いであろうとなかろうと、男だろうと女だろうと、老若男女構わず抱き合い、感動を分かち合う。さもなくば身の内に湧き出る熱い血潮が肌を突き破り、溢れてしまうから。

やがて心得《こころえ》のある者が三味線《しゃみせん》を持ち出して即席の凱歌《がいか》を口ずさみ始めると、別の者が負けじと笛をぴいひゃら吹きまくり、さらに別の者が太鼓《たいこ》をどんどこ叩きだす。

こうなったらもうお祭りだ。

恵《え》渡《ど》っ子《こ》は基本的にお祭りが大好きな生き物である。皆の上様が憎き逆賊《ぎゃくぞく》の首魁《しゅかい》を討《う》ってくれたとなれば、これはもう夜通し騒がなければならない。

争いに区切りをつけるためにも、…この光景を見られず死んでいった者たちを祀《まつ》るためにも。

「歌え、踊れ！」

拍子木《ひょうしぎ》や風鈴《ふうりん》、果ては金魚鉢《きんぎょばち》や鍋まで、音が出る物なら何でもいいとばかりに引っ張り出し、がちゃがちゃとかき鳴らす。奏者《そうしゃ》も老若男女様々だ。

楽器を持たぬ者は近くの者と手を取り合って踊ったり、炊き出しを始めたりとめいめい忙しい。少し後の話になるが、この時に出逢って恋に落ちた者たちが続出したことで、夫婦者が大幅に増えたという。

「……やったな、光《みつ》の字……」

お祭りのお囃子《はやし》にも似たざわめきを遠くに聞きながら、元助《げんすけ》は『い組』の座敷で大の字になって伸びていた。

光彬から頼まれた言伝《ことづて》を虎太郎《こたろう》に伝えた後、ずっと恵渡じゅうを駆けずり回って町火消《まちびけし》たちの協力を取り付けていたのだ。町の衆《しゅう》と一緒になって騒ぎたいのは山々だが、もう歩く気力も残されていない。町人の避難誘導に当たっていた仲間たちも下帯《したおび》一丁になり、あちこちでぐったりしている。

「ほらよ」

「ああ、すまねえ……、……っ!?」

手に握らされた茶碗の水を寝たまま行儀悪く飲もうとして、元助はがばりと起き上がった。

茶碗を持って来てくれたのは、頭《かしら》の虎太郎だったのだ。

「か、頭！　どど、どう、どうしてこんな」

「どうもこうも、水を持って来てやっただけじゃねえか。何をそんなに慌ててるんだ」

虎太郎はこともなげに言ってどかりと胡座《あぐら》をかくが、慌てずにいられようか。

火消の頭といえば町人の信望と人気を一身に集め、町奉行所《まちぶぎょうしょ》の役人よりも頼られる、元助からすれば雲の上の存在なのだ。今まで煙管《きせる》で殴られたことはあっても、水を持って来てもらったことなんて無い。

「飲まねえのか？」

元助の混乱をよそに、虎太郎はくいと顎《あご》をしゃくってみせる。

頭がわざわざ持って来てくれたものなら、たとえ猛毒であろうと飲み干さないわけにはいかない。

「……おい、てめえ。光さんの素性を知っちまったんだろ」

「…ぐ、…ふぅっ⁉」

茶碗に口をつけたとたん耳元で囁かれ、元助は思い切り噎《む》せた。咳き込む元助を見詰める虎太郎の顔は、かつてないほど真剣だ。

だから悟《さと》ってしまった。虎太郎は光彬が征夷《せいい》大将軍であることを知っているのだと。その上で貧乏旗本《はたもと》の三男坊として扱っていたのだと。…きっとそれが、光彬の望みだから。

『騙《だま》していてすまなかった。悪気は無かったのだ』

光彬の寂しそうな表情が頭をよぎる。

「何のことですかい？　素性も何も、光の字は貧乏旗本の三男坊じゃねえですか」

濡れた顔を袖口《そでぐち》でぐいと拭《ぬぐ》い、元助は答えた。必死に平静を装ってはいるが、小便を漏らしてしまいそうだ。

光彬の素性を最初から知っていたということは、虎太郎はたぶん幕府の関係者だ。『い組』の頭になったのもその縁からかもしれない。知ってはいけないことを知ったしがない火消の一人、誰にも怪しまれず始末するのは簡単だろう。

「……そうか」

虎太郎がふっと笑った瞬間、全身の緊張が解けた。くずおれる元助の頭をがしがしと乱暴にかき混ぜ、虎太郎は懐手《ふところで》で去っていく。

『てめえが畏《おそ》れ多いと媚《こ》びたりへりくだったり、光さんが上様だと吹聴《ふいちょう》して回っていようものなら、恵渡湾の鮫《さめ》の餌《えさ》にでもしてやろうと思ってたのさ』
呆然と見送る元助がこの時の虎太郎の胸の内を教えられるのは、だいぶ後のことである。

市中を警備していた連合軍の兵たちはと言えば、民のように乱痴気《らんちき》騒ぎに興《きょう》じるわけにはいかない。幕臣《ばくしん》は恵渡城へ、諸藩《しょはん》の兵はそれぞれの藩邸へ粛々《しゅくしゅく》と帰還していった。大騒ぎの民すら感動するほどの、整然とした行進だったという。

彼らが溢れ出る喜びを爆発させたのは、周囲に朋輩《ほうばい》しか居なくなった後だった。

「うう…っ…、おお、おおおおおおっ……」

「…俺は…、俺は今日ほど幕臣であることを誇りに思うたことは無い。自《みずか》ら逆賊を討ち取られるとは、上様はまさに征夷大将軍の御位《みくらい》に相応《ふさわ》しきお方じゃ…」

「神君光嘉公《しんくんみつよし》も、さぞやお喜びであられようぞ…」

男だらけの空間で、血と泥にまみれた汗臭い男どもが男泣きに泣きまくる。恵渡城の表で、野太い泣き声が聞こえない場所など存在しない。

同じ幕臣とはいえ、当然仲の良い者も居れば不仲の者も居るのだが、上様のために戦った同志と思えば手を取り合い、抱き締め合わずにはいられなかった。腹を割って話し合い、語り明かす者たちの姿もあちこちで見かけられた。この日を境に幕府内の人間関係が大幅に改善されたのは、数多《あまた》の犠牲を生んだ戦いにおける数少ない成果かもしれない。

一方、彼らと肩を並べて戦った諸藩の兵たちは少し状況が違っていた。

「それで？　それからどうなったのじゃ⁉」

藩邸《はんてい》に帰還した彼らを待っていたのは、期待と興奮に目をぎらぎら輝かせた彼らの藩主たちだったのである。

いかに彼らが西軍《せいぐん》の暴挙に対し義憤《ぎふん》を抱こうと、幕臣ではない彼らは自身の意志での出陣など叶わない。幕府軍に合流し、連合軍として戦えたのは、主君である藩主が『上様をお助けせよ』と命令したおかげだったのだ。

家臣を出陣させた藩主たちは元々将軍家に対し高い忠誠心を抱いていたが、武芸上覧《ぶげいじょうらん》で光彬《みつあき》の勇姿《ゆうし》を拝《はい》して以来、上様のお役に立ちたいと熱望していた。そこへ隆義《たかよし》の挙兵だ。藩主たちは怒りに打ち震えつつも、好機到来とばかりに出陣を命じたのである。自らも甲冑《かっちゅう》を纏《まと》い、先陣切って戦おうとした藩主も少なくなかった。

いくら何でも藩主自らが戦うなど言語道断である。跡継ぎの居ない藩主は、討ち死にでもすれば御家断絶《おいえだんぜつ》になりかねない。家臣たちは必死に説得し、『帰還したら戦いの経緯《けいい》を逐一話して聞かせる』と約束してようやく諦めてもらえたのだ。

そうである以上、藩主が求める限り応じないわけにはいかない。

「…幕府軍の士気は高かれど、西軍は凶悪なる南蛮銃《なんばんじゅう》を所持しておりました」

「飛び道具とは卑怯なり！　激昂する幕府軍に構わず、西軍は南蛮銃を撃ちまくりまする」

「さしもの幕府軍もこれには敵《かな》わず、防戦を強《し》いられていたところ」

「我らが駆け付け、共に背中を守り合いながら凶悪なる西軍兵を打ち倒したのでございまする」

最初はぎこちなかった家臣たちだが、代わる代わる語っているうちに熱が入り、講釈師《こうしゃくし》ばりのなめらかな語り口になっていく。そうなると聞く側もがぜん燃え上がり、もっともっとと話をねだる。

「我が家臣が上様のお役に立てたとは、何たる僥倖《ぎょうこう》か…。家臣の献身は我が献身も同然。きっと上様もお喜び下さるであろう…」

自ら戦場に出られず忸怩《じくじ》たる思いを抱えていた藩主たちも、最終的には晴れ晴れとした笑顔になった。後に光彬から届いた直筆の感状《かんじょう》は家宝とされ、数百年後まで受け継がれていったという。

もちろん、喜びに浮かれる者ばかりではない。

西軍敗北の一報を受け、科川宿《しながわしゅく》本陣を現地の役人に任せた南町奉行《みなみまちぶぎょう》・小谷掃部頭祐正《こたにかもんのかみすけただ》は、配下を引き連れ恵渡城への帰途《きと》にあった。

「……上様が勝たれたのはもちろんおめでたいですけど、ちょっと悔しいですよねえ」

祐正の馬の横をちゃっかり陣取った陽炎《かげろう》が唇をゆがめる。その隣で蛍《ほたる》もうんうんと頷くので、祐正は手綱《たづな》を握ったまま尋ねた。

「どういう意味だ?」

「だってお奉行様はずっと科川宿に張り付きっぱなしだったけど、科川は結局、雷が落ちたきり何も無かったじゃないですか。西軍の奴らが逃げて来たりすれば、お奉行様もいっぱい手柄を立てて上様に誉めて頂けたのに」

心底悔しそうな口振りに、祐正は苦笑した。

「何も無かった。それこそ上様の最もお喜びになることだ」

「え……」

「例えばだ。どんな傷も病もたちどころに治してくれる名医が居たとして、お前は大怪我を負ったり重病に罹《かか》ったりしたいと思うか?」

いまいちわかっていなかった陽炎だが、何かぴんときたようだ。神妙な表情で首を振る。

「…いえ、思いません。短い間でも、痛い思いや苦しい思いはしたくない」

「それと同じだ。むろん西軍が逃げて来れば我らは命を賭《と》して撃退するが、町や民にも必ず犠牲は出るだろう。科川宿の民にとっては、何も無かったことこそ最上の結果なのだ」

西軍が科川方面に敗走《はいそう》してこなかったのも偶然ではない。科川には将軍の信任篤《あつ》い南町奉行が陣を張っているとわかっていたから、逃げ込めなかったのだ。

「我ら町奉行所の第一のお役目は刀を振るって戦うことではない。何も起こさない…起こさせないことだ。民が何も心配せず笑って暮らしてゆけるのなら、それが何よりの手柄よ」

「…お奉行様…」

「きっと、上様もそう仰《おつしゃ》って下さるだろう」

多少うぬぼれることを許されるのなら、光彬は太陽で祐正は月だ。太陽はあまねく地上を照らし生きる者を育《はぐく》むが、夜の闇には届かない。夜を安らかな眠りの時間にするのは、月の役割である。

「そうですね…、…上様なら、きっと…」

真っ赤になった陽炎がぐしゅりとすすり上げる。かつての感情の薄さはなりをひそめ、すっかり涙もろい男になってしまった。泣けると評判の草双紙《くさぞうし》を祐正の子らに読み聞かせても、先に泣き始めるのはいつも陽炎の方だ。

「お奉行様だ！　南町奉行の小谷掃部頭様がお帰りだぞ！」

「お奉行様、お帰りなさい！」

やがてたどり着いた奉行所には民が待ち構えており、祐正の帰還を歓呼《かんこ》して迎える。奉行所を取り囲む人垣の厚さは、祐正がいかに民に慕《した》われているかを表していた。

恵渡城に帰還してからも、光彬の戦いは続いていた。いや、ここからが本当の戦いだと言ってもいいかもしれない。

「…よくぞ、よくぞご無事でお戻りを…。信じておりましたぞ…！」

出迎えてくれた門脇《かどわき》は人目もはばからずに光彬と抱擁を交わし、おいおいと泣き崩れた。

「上様の勇猛なる戦いぶりはこの城内にも届き、我らを励まして下さいました。上様を主君と仰《あお》げたこと、この主殿頭《とのものかみ》生涯の誇りにございまする。…彦十郎《ひこじゅうろう》も喜んでおりましょう」

主殿頭はいつもと変わらぬ冷静な佇《たたず》まいだったが、まなじりに光るものを滲ませていた。

光彬に代わり守備隊を纏《まと》め上げ、城を守り抜いてくれた二人に感謝を告げたのも早々に、なすべきことをなしていく。途中で夜が更《ふ》けてしまったが、中奥《なかおく》に戻る暇も惜しいため、着替えと布団を表に運ばせて指揮を執《と》り続けた。

翌日。明るくなってすぐ光彬が命じたのは、恵渡湾のどこかに停泊しているはずの南蛮船の発見と調査だ。

大砲が撃てなくなっても、南蛮銃で武装した船員たちは陸に上がれば脅威である。市中の警戒に当たらせている部隊によれば南蛮人らしき者の姿は発見されていないそうだが、同盟者である隆義の敗北を知れば、自暴自棄になって恵渡の町を襲う可能性も高い。

命を受けた松波備中守《まつなみびっちゅうのかみ》はさっそく船を仕立て、自ら恵渡湾に出航する。南蛮船は大きく、非常に目立つため、半刻も経《た》たずに発見出来た。

備中守は通事《つうじ》として裏賀《うらが》奉行の使者を伴《ともな》っていた。隆義が挙兵したせいで裏賀に戻れず、恵渡城に留まっていたのを連れて来たのだ。

『我らは幕府よりの使いである。貴殿らの同盟者、志満津隆義《しまづたかよし》は戦死した。代表者との対話を望む』

備中守は可能な限り船を近付け、通事に西班牙《スペイン》語と葡萄牙《ポルトガル》語で二回ずつ呼びかけさせた。しかし四隻《せき》の南蛮船はいずれも応答せず、不気味な沈黙を保ったままだ。甲板《かんぱん》には人影も無い。

そこで備中守はいざという時の報告用の人手を残し、配下たちと共に旗艦《きかん》とおぼしき南蛮船に乗り込んだ。船員たちが待ち伏せているかもしれない。危険を覚悟の上での行動だったが、甲板に降りた瞬間、備中守は立ちすくんだ。

「な…、んだ、これは……」

強烈な腐敗臭《ふはいしゅう》の漂う甲板に、南蛮服を着た男たちが何人も倒れている。ぴくりとも動かないから死んでいるのは明らかだ。だがその死に方が尋常ではなかった。

皆、肌をどす黒く爛《ただ》れさせて死んでいたのだ。配下に命じて何人かの服を剝《は》がせたら、腹の肉までも腐り落ち、臓腑《ぞうふ》をさらしていた。強烈な腐敗臭の正体はこれに違いない。凄惨《せいさん》な光景に耐えられなくなった配下たちがあちこちで胃の中のものをぶちまける。

「落ち着け。ここで何が起きたのか確かめ、上様に報告せねばならん」

配下たちが落ち着くのを待ち、備中守は船内をくまなく捜索させる。船室や操舵室《そうだしつ》などから肌を黒く爛れさせた死体が何人か発見されたが、生きた人間はどこにも居なかった。

その代わり、ひときわ立派な南蛮服を纏った死体が走り書きの紙片を握り締めていた。通事によればこの死体はおそらく船長《カピタン》で、走り書きは遺書ではないかという。

『……光り輝くモノが空から消えた後、我らの身体におぞましい変化が生じた。爛れた肌は聖水でも祈祷《きとう》でも治らず、皆次々と死んでいった。次は私の番であろう。まさか異教の海で命を落とすことになろうとは……おお神よ、我を哀れみたまえ……』

西班牙語の走り書きを通事が訳してくれたおかげで、備中守はおおよその経緯を推察することが出来た。光り輝くモノとは大砲の弾をことごとく消し去り、恵渡の守護神と呼ばれているあの存在だろう。

「ではこの南蛮人たちは、守護神の天罰を受けて死んだということか…」

生きたまま腐って死ぬとは何とも恐ろしいが、助けられたのも事実だ。船倉《せんそう》からは大量の南蛮銃も発見された。銃を装備した船員たちが恵渡に上陸すれば、大きな被害が出ただろう。

残る三隻の南蛮船でも、船員は皆肌を爛れさせて死んでいた。光彬に報告するには船ごと港に曳航《えいこう》していかなければならないが、備中守が乗ってきた船だけでは力不足だ。

「…仕方あるまい。一旦陸に引き返し、曳航用の船を連れて戻る」

備中守は配下たちと共に船に引き上げた。するとそれを待っていたかのように、四隻の南蛮船は沖へ向かって動き出す。帆《ほ》をたたんだまま、舵を操る船員も居ないはずなのに、みるまに風に乗って水平線の彼方《かなた》へ消えてしまった。

こうなったらもう陽ノ本の船では追い付けない。備中守は追跡を諦め、恵渡城に帰還した。

――その数か月後。

新大陸との貿易で栄える西班牙王国の港湾都市に、四隻の帆船《はんせん》が流れ着いた。外装《がいそう》も帆もぼろぼろだったが、聖母をかたどった船首像から一年ほど前、澳門《マカオ》へ向けて出航したまま消息を絶っていた船だと判明する。所有者は表向き王家の血を引くさる公爵となっているが、本当の所有者は国王その人だ。

王は東の果て、黄金の島と呼ばれる国の大君主である志満津隆義と密約を交わしていた。西班牙王国の武器と兵力を提供して隆義の国盗《くにと》りに協力する代わりに、隆義が国王となったあかつきには開国し、西班牙王国と葡萄牙王国の軍を駐留させると。

隆義は二国の軍を国内の反対勢力を牽制《けんせい》するために利用するつもりのようだったが、王は頃合いを見計らって反乱を起こすよう軍の司令官に指示する予定だった。隆義の家臣を皆殺しにした後、生き残らせた隆義を傀儡《かいらい》の王に据え、宣教師どもを送り込み、黄金の島を西班牙王国と葡萄牙王国の新たな植民地と化すのだ。それが葡萄牙王との密約でもあった。

しかし澳門への貿易を装って出航させた選《え》り抜きの軍は予定の期日を過ぎても帰らず、定期連絡も届かなくなった。捜索に出た船も戻らない。そこへ突然四隻の船が流れ着いたのだから、王は即座に船内を調査させた。

そうして送り込まれた調査団が目撃したのは、備中守が見たのと同じ光景――肌をどす黒く爛れさせ、腐った腹から臓物《ぞうもつ》をまき散らす無惨な骸《むくろ》の山だったのだ。

数か月が経《た》ったにもかかわらず、骸はそれ以上腐ることも無く、遠い海の果てまで届いたのである。まるでその姿を祖国の者に見せ付けようと、悪魔が企《たくら》んだかのように。

『の、呪いじゃ…、黄金の島は悪魔に呪われておる……！』

報告を受けるや、信心深い王は寝込んでしまった。さらに数日後、捜索に出ていた船が港に流れ着いたのだが、その船員たちも残らず無惨な骸に成り果てていた。

王はとうとう枕が上がらなくなり、廷臣たちを集めて言い聞かせた。

『黄金の島は呪われた国じゃ。何があろうと決して近付いてはならぬ……！』

廷臣たちは傲岸不遜《ごうがんふそん》な王の病みやつれた姿に息を呑み、命令に従うと誓った。

しかし黄金の島は莫大な金を産出すると囁かれる国である。中にはそ知らぬ顔で船を出す者も居たが、ことごとく無惨な骸の山を載せて帰還したため、いつしか黄金の島——陽ノ本を侵略しようと目論《もくろ》む者は欧羅巴から消えていった。


数か月後の欧羅巴の阿鼻叫喚《あびきょうかん》など知るよしも無い光彬だが、南蛮船を取り逃がしてしまったと平伏して詫びる松波備中守を責めなかった。

「たとえ俺が…いや、誰が居合わせたとしても止められなかったことだ。お前が気に病む必要は無い」

「ありがたき仰《おお》せ、恐悦至極《きょうえつしごく》に存じまする。…それと、こちらを」

備中守が差し出した分厚い書物と紙片を、二人の間に控える門脇が光彬のもとまで運んでくれた。どちらも西班牙語で記されているそうだ。

「南蛮船にて発見し、唯一持ち出せたものにございまする。通事によれば紙片は船長《カピタン》の遺書、書物は航海日誌であると」

「ふむ……」

紙片には通事の訳が書き添えられていたので、光彬も理解出来た。切なさとももの悲しさとも違う感情が胸を刺す。

……玉兎《ぎょくと》。

もう彼岸《ひがん》にも此岸《しがん》にも居ない神に、そっと感謝の祈りを捧げる。玉兎が船員たちに『天罰』を下してくれたおかげで、数多の命が助かった。

「航海日誌ですが、こちらは葉数《ようすう》が非常に多いため全ての翻訳にはまだ時間がかかるそうにございます。されど重要とおぼしき部分を抜粋し、翻訳したものを添えてありまする」

備中守の言う通り、航海日誌には数枚の翻訳が挟まれていた。光彬はさっと目を通し、額を押さえる。

「…隆義め。よほど今の陽ノ本に我慢ならなかったようだな」

「と、仰いますと？」

「お前が南蛮船に乗り込んでいる間、主殿頭に命じて佐津間藩邸へ踏み込ませたのだ」

戦える者は全て出陣したので、佐津間藩邸には文官と女子どもしか残っておらず、主殿頭によってあっさり制圧されてしまった。そこで主殿頭が一定以上の身分の者を集めて尋問したところ、隆義の野望の全貌が明らかになったのである。

「隆義は俺の首を獲った後、あらゆる支配者を…幕府残党や朝廷はもちろん、諸藩までも壊滅させようと目論んでいたようだ。まっさらになった陽ノ本に、王として君臨するつもりだったのだろう」

「何と……!?」

「しかし陽ノ本全土に遠征し、反抗勢力を蹂躙《じゅうりん》するには西軍だけでは戦力が足りない。どう補うのか不明だったのだが、この航海日誌のおかげで摑めたぞ」

翻訳された航海日誌には、隆義から要請があり次第本国に連絡し、武器と軍人を詰め込んだ軍艦を派遣してもらわなければならないと記されていた。隆義は西班牙・葡萄牙両国の軍を西軍に加え、陽ノ本を征服するつもりだったのだ。

「し、しかし上様、それでは陽ノ本は両国の属国…いや、奴隷《どれい》にまで貶《おとし》められてしまいますぞ」

理解しかねるとばかりに備中守は膝の上の拳《こぶし》を震わせ、門脇も頷く。主殿頭の報告を聞いた時は『百度地獄送りにしても足りぬわ！』と怒り狂っていた。

「隆義のことだ。王となった後は用済みの両国軍を追い出し、新たに別の国と手を組むつもりだったかもしれん」

「確かにあの男ならやりかねませぬが、そう上手くことが運ぶとは限りませんぞ」

「その時はその時、と思っていたのではないか。隆義は陽ノ本が欧羅巴に追い付くためには、一度全てを壊さなければならぬと言っていた。全てを壊すという目的さえ達成出来れば、あとは己でなくとも誰かが新たな陽ノ本を作ってくれると思っていたのかもしれん」

……それに隆義が最も望んだであろうものは、たとえ世界の覇王《はおう》になろうとも手に入らん。

口にしかけた言葉を、光彬は妻によく似た面影と共に呑み込んだ。

愛した女しか眼中に無かった麗皓《つぐひろ》と、野心を燃やしながらも美しい協力者に惹かれずにはいられなかった隆義。二人がどんな関係であったのかは、二人にしかわからない。

「失敗すれば後は人任せということでございますか。何とも無責任な」

腹立たしげに腕を組む備中守に、光彬は苦笑した。

「仕方あるまい。後始末はいつでも生き残った者の役目だ。政《まつりごと》でも、戦でもな」

「……左様《さよう》にございますな」

備中守と門脇が揃って憂鬱《ゆううつ》そうな顔になる。この後はひたすら隆義の起こした反乱の後始末に追われることになるのだ。

まずは何をおいても隆義及び西軍に与《くみ》した西海道《さいかいどう》諸藩の処断だ。

隆義は討ち死にしたが、討幕《とうばく》と将軍殺害を企んだ大罪人《たいざいにん》としてその首を刑場にさらさなければならない。西海道諸藩の藩主たちは詮議《せんぎ》が済めば斬首され、隆義の横に並べられることになる。切腹も許されず首を斬られるのは、武士としては耐えがたい屈辱である。むろん跡継ぎに家を継がせることは出来ない。御家断絶《おいえだんぜつ》だ。

主家《しゅか》を失った佐津間藩と西海道諸藩は取り潰しとなる。その後本来なら新たな大名を藩主として封じるのだが、取り潰された藩が多すぎる。幕府の直轄地《ちょっかつち》である永崎《ながさき》などを除き、ほとんどの藩が隆義に従ったのだ。西海道がまるまる空白になったようなものである。

しかも佐津間藩と西海道諸藩に仕《つか》えていた数多の藩士たちが浪人になってしまう。隆義の野望を知った上で従った者…恵渡の戦いに直接関わっていた者や各藩主の側近《そっきん》以外は、光彬も厳しい処分を下すつもりは無い。西海道に残っていた藩士たちは、ほとんどが咎《とが》めを受けないだろう。

突然禄《ろく》を失い、路頭に迷ってしまう彼らとその家族を放っておくわけにはいかない。ある意味、彼らもまた隆義の被害者なのだ。西海道に封じる大名たちには彼らを再び藩士として召し抱えてもらわなければならない。しかし彼らは主家を処断した幕府を恨んでいよう。

強い地縁《ちえん》を持ち、友好的とは言えない藩士を数多抱えての藩政《はんせい》。そんないばらの道を歩める大名は居るのか。居たとして、これから逆賊の地として陽ノ本じゅうの偏見と差別を受けることになる西海道が再生を果たすまで、どれくらいの時がかかるのか。

たぶん光彬の在位中は不可能だろう。鶴松《つるまつ》の……いや、さらにその子の代に……。

「上様、……上様」

いつの間にか閉ざしていたまぶたを開けると、門脇と備中守が心配そうに見上げていた。

「そろそろお休みになった方が良いのではありませぬか？」

「昨日から働きづめなのです。いかに上様でも疲労の極みにあられるはず」

二人が次々に言い募《つの》る。

胸の奥がじわりと温かくなるのを感じ、光彬は微笑んだ。

「そうではない。…人とは良いものだと考えていたのだ」

「……人……」

「で、ございますか？」

きょとんとする二人はどちらもいい歳をした厳《いか》つい男なのに、どこか可愛らしい。

「人の命は短い。一代で成し遂げられることなど限られている。…だが人は次の代に託すことが出来る。今は暗闇をさまよおうとも、何十年、何百年の後には夜明けにたどり着けるのだ」

この身体が朽《く》ちていようと、きっと光彬は朝日の輝きを感じられるだろう。

光彬の欠片が、その時代の人々に受け継がれてさえいれば。

「我らの役目は夜明けが一日も早く訪れるよう種を植え、水を撒《ま》くことだ。…どうか力を貸してくれ」

「は……、ははぁっ！　命に代えましても！」

門脇と備中守は異口同音《いくどうおん》に叫び、感涙《かんるい》にむせびながら平伏した。

暮《く》れ六《む》つ（夜六時）を過ぎた頃、光彬《みつあき》は中奥《なかおく》に引き上げた。まだまだやらなければならないことは山積《さんせき》しているが、さすがに体力の限界だ。

「お帰りなさいませ、上様。ご無事のお戻り、心よりお喜び申し上げまする」

中奥では隼人《はやと》が迎えてくれた。いつもなら彦之進《ひこのしん》か他の小姓《こしょう》も一緒に現れるのだが、今日は隼人だけだ。

「小姓組の者たちは治療を受けた後、自邸にて休養を取っております。当人たちはまだ上様のお傍《そば》を離れるわけにはいかないと申しておりましたが、いかんせん限界でございましょう」

光彬の疑問を察した隼人が教えてくれる。幸い、小姓組に死者は居なかったが、ほとんどの者が浅くない傷を負った。無傷なのは山吹《やまぶき》くらいだ。

「それは良いことだが、よく皆納得したな」

「山吹どのが休養を命じられ、ご自身も率先《そっせん》して帰宅されましたから。配下の者たちは従わざるを得なかったでしょう」

山吹は後のことを隼人に任せていったそうだ。隼人率いる小納戸《こなんど》は戦場には出ず、光彬の居場所である中奥を守っていたため、全員が無傷である。

伝統的に犬猿《けんえん》の仲の小姓組と小納戸。二つの組織が互いを認め合い、時に協力し合えるようになったのなら素晴らしい。

「上様もお疲れであられましょう。湯殿《ゆどの》の準備が出来ておりますので、身体を清められた後は早めにお休みになられるのが良いかと存じまする」

隼人の申し出には魅力を感じたが、光彬は首を振った。

「いや、大奥へ渡る」

「…されど、大奥は未だ混乱中のはず。御台所《みだいどころ》様の新御殿も、長局《ながつぼね》から避難して参った奥女中が残っておりましょう」

「そうだろうな。だから、俺が行くことは咲《さき》と御台所だけに知らせてくれればいい」

無理を言っているのは重々承知だ。将軍の来訪がばれれば、奥女中たちは安心して休むどころではなくなってしまう。

でも会いたかった。今すぐ、たった一人の愛しい妻に。きっと純皓《すみひろ》も同じ思いでいてくれるはずだから。

「……承知いたしました。ただちに使いを送りまする」

微笑《ほほえ》んだ隼人が配下を遣わすと、すぐに返事を持ち帰ってきた。純皓は光彬の訪れを心から待ち望んでくれているという。

居てもたってもいられず、光彬は大奥へ向かった。中奥との境界である御錠口《ごじょうぐち》を開けると、艶《つや》やかな黒髪の奥女中が御鈴《おすず》廊下にひれ伏している。咲ではない。もっと華やかで、もっと圧倒的な存在感の…。

さらりと黒髪をこぼし、奥女中は身を起こす。蠱惑的《こわくてき》な笑みを、口元の婀娜《あだ》めいた黒子《ほくろ》が彩《いろど》った。

「お待ちしておりました、上様」

「純ひ、…ろ…っ…?」

純皓がすっと人差し指で己の唇に触れる。とっさに声を呑み込めば、音もたてずに立ち上がった純皓に手を取られた。

「静かに。まだ桐《きり》姫や鶴《つる》…、じゃなくて鶴松《つるまつ》たちもこちらに留まっているんだ。お前の声でも聞こえたら飛んで来るぞ」

「鶴…、いや鶴松もか?」

富貴子《ふきこ》と咲による女装があまりに似合っていて違和感も無いので、夫婦揃ってつい名前を間違えそうになってしまう。鶴松が聞いたら泣くだろう。

「桐姫の立場が微妙になってしまったからな。本人は気丈に振る舞っているが、本心では怯《おび》えている。傍《そば》を離れがたいんだろう」

「…そうだったか…」

桐姫と共に佐津間藩《さつまはん》から送り込まれた奥女中たちは、純皓が大奥に戻ると同時に捕縛《ほばく》され、塗籠《ぬりごめ》に軟禁されている。彼女たちは皆、志満津《しまづ》家の家臣の親族だ。取り調べの後、隆義《たかよし》の野望に対する関与の度合によって相応の処分を受けることになるだろう。

大奥からは追い出されるが、女子《おなご》ゆえ死罪を賜《たまわ》ることはまず無い。悪くても生涯幽閉だ。

しかし桐姫は隆義の…将軍殺害と討幕《とうばく》を目論《もくろ》んだ大罪人《たいざいにん》の実の妹である。

通常、罪人の血族でも女子であれば命まで奪われることは無い。元の身分が高ければ相応の格式の尼寺《あまでら》に預けられ、自由は制限されてもそれなりの暮らしを送れるはずである。

だが隆義の犯した罪はあまりにも重すぎる。隆義が正室や側室《そくしつ》に産ませた男子は幼くとも全員死罪にせざるを得ない。他にも隆義の腹違いの弟、叔父やその子息までは死罪を免《まぬが》れまい。

たとえ隆義の野望について何も知らなかったとしても。

にもかかわらず、隆義の手駒として大奥に送り込まれた異母妹の助命など許されない。そう主張する者たちは必ず出るだろうし、彼らを支持する者も多いだろう。

ただでさえ郁《いく》姫と前武家伝奏《ぶけてんそう》殺害の濡れ衣を着せられ、屈辱的な交渉を余儀《よぎ》無くされたせいで、志満津家は幕臣《ばくしん》の恨みを買っている。将軍を殺そうとした男の血筋など根絶やしにしたいのが本音なのだ。

西軍《せいぐん》との戦いでは多くの兵が命を落とした。…彼らの怒りも、主張もわかる。桐姫本人も死罪を覚悟しているかもしれないが…。

「俺は桐姫を死なせるつもりは無い」

「…どこかの大名家《だいみょうけ》にでも預けるのか？」

かつて身分低き役者と禁断の恋に溺《おぼ》れ、その罪でさる大名家に身柄を預けられた奥女中が居る。尼寺ならば縁者との対面も叶ったはずだが、預けられた大名家では肉親との面会も手紙のやり取りすら認められず、使用人との会話も許されず、その奥女中は孤独に押し潰されるようにして死んでいった。尼寺行きよりは数段重い罰と言える。

「それでは死罪も同然だ。もっと姫を大切にしてくれる者のところへ預ける」

「そんな奴が居るか？　桐姫の生母は実家に戻されるだろうが、娘を引き取りたがらないと思うぞ。志満津の重臣ではなくなるんだからな」

「居るではないか。姫を必死に守ろうとしている者が」

そこまで言えば、純皓にもぴんときたようだ。桐姫や鶴松、富貴子たちが休んでいるだろう新御殿の方を見遣り、にやりと笑う。

「…なるほど。だから『死なせるつもりは無い』ってわけか」

「適任だろう？」

「いいんじゃないか。富貴子姫とも、何だかんだ言って相性は良さそうだし」

純皓の顔から憂《うれ》いの色が消えていく。鶴松を実の弟のように可愛がってくれる純皓だから、桐姫が死に、鶴松が嘆《なげ》き悲しむところは見たくなかったのだろう。

「では上様、……御台所様のもとへご案内いたしましょう」

純皓は芝居がかった仕草で広げた扇子《せんす》を顔にかざすと、光彬の手を引いて歩き出した。

夜中が近付きつつあるこの時間帯、いつもなら薙刀《なぎなた》を持った奥女中たちが火の用心を呼びかけながら見回っているのだが、今宵は誰の姿も無い。軟禁された志満津の奥女中や桐姫の警戒、無人の長局の警備などで人手を割《さ》かれているのだろう。

万が一誰かと出くわしてもこの薄闇だ。打掛《うちかけ》を纏《まと》い、顔を隠した純皓を御台所だと見抜ける者は居まい。奥女中がお忍びで訪れた将軍を案内していると思うはずだ。光彬が騒がないよう頼めば、疲れ果てて休んでいる者たちを起こすことにはならないだろう。

しゅっ、しゅっ。

しんと静まり返った廊下に、純皓が打掛の裾《すそ》をさばく音だけが響く。点々と置かれた燭台《しょくだい》の淡い光が、打掛に覆われた純皓の後ろ姿を幻想的に浮かび上がらせる。

……まるで、月宮殿《げっきゅうでん》にでも迷い込んだかのようだな。

昨日の戦場とはあまりにかけ離れた静けさに、ふと、光彬は荒唐無稽《こうとうむけい》な妄想に囚《とら》われそうになる。実は自分は隆義との戦いに敗《やぶ》れ、美しき天女によって月宮殿に導かれる最中なのではないかと。

……ああ……、いや。死んでなどいるわけがない。

さらりと黒髪がなびくたび、肩越しに意味深な流し目を送られるたびに心の臓が高鳴る。戦場に身を置いている時とは違う熱い血潮が全身を巡っていく。光彬の気持ちなどお見通しのくせに煽《あお》るばかりの憎らしい妻を、引き倒して裸に剥いてやりたくなる。

こんな欲望を滾《たぎ》らせるのは生きた人間だけだ。生きて生きて――生き延びたからこそ、愛しい人の熱が欲しくなる。…きっと、純皓も。

純皓に続いて廊下の突き当たりを右に曲がる。

蔦《つた》の絵が描かれた襖《ふすま》は、蔦の間…大奥で最も奥まった場所にある小部屋だ。小部屋と言っても十畳《じょう》はあるし、奥女中たちが寝泊まりしている新御殿からも遠いから、誰かに聞き咎《とが》められる恐れは無い。

どんなに声を上げても。

「純皓……！」

襖の奥に進んだ瞬間、光彬は純皓の手を振り解《ほど》き、打掛の背中をきつく抱きすくめた。ぽとん、と開いたままの扇子が落ちる。

「会いたかった。抱きたかった。……お前の熱を、感じたかった……！」

湯を浴びたのか、顔を埋《うず》めた項《うなじ》からは純皓の匂いしかしない。白檀《びゃくだん》と純皓自身の匂いの混じった、光彬だけしか嗅《か》ぐことを許されない匂い。

吸い込んでしまえば、もう一時たりとも我慢は出来ない。蓄積された疲労もどろどろとした感情も、将軍としての務めも何もかもが頭の中から消えてゆき、代わりに身体の中心が燃えるように熱くなる。

「……光彬……、……」

純皓の喉が何かを言いかけては、はくはくと上下する。光彬はその喉に手を滑らせ、いいのだ、と囁く代わりに項を吸い上げた。

……わかっているから。お前もずっと、俺を求めていてくれたのだと。

「……、……あぁ……」

白い肌に光彬のものである証《あかし》を刻むたび、純皓は甘い喘《あえ》ぎをこぼす。光彬の男を奮《ふる》い立たせる魅惑の調べだ。硬くなった股間を押し付けてやれば、喘ぎは獣のそれに代わった。

「は…っ…、あ……」

腹の前に回していた手にそっと爪を立てられる。

名残惜しさを堪えて離れると、純皓は打掛に手をかけた。するりと脱ぎ落としながら振り返る姿は、まるで羽化《うか》するさなぎだ。殻《から》を脱ぎ捨て、美しい蝶《ちょう》に変化する——。

「……光彬」

花びらよりもあでやかな唇がほころんだ。光彬のために咲き誇る花だ。

「あ、あああ……っ！」

たまらず咆哮《ほうこう》し、突進する光彬を純皓は従順に受け止める。ぞくりと背を震わせながら畳《たたみ》に押し倒してやると、後頭部に手を回された。何を求められているのか、わからぬほど野暮ではない。

「…純皓…、愛している……」

「俺も、……っ、……ん、……ぅっ……」

応《こた》えも待てずに唇をふさぐ。

濡れた舌をからめとりながら、光彬は手探りで純皓の帯を解いた。小袖《こそで》の合わせから手を差し入れ、しっとりとした肌を存分にまさぐる。

指先から伝わる喜悦《きえつ》の震えが、熱さが教えてくれた。光彬は生きている。…純皓と共に生き延びたのだと。

「ん、……っ……」

混ざり合った唾液《だえき》を嬉しそうに嚥下《えんげ》する喉がなまめかしい音をたてる。

もっと甘くさえずらせてやりたい。自分でも驚くほど狂暴な欲望にそそのかされるがまま、光彬は胸に這わせていた手をさらに下に滑らせていく。

「あ、……、…あぁあっ……！」

花の唇から痺《しび》れるほど甘い悲鳴がほとばしった。いつも通り下帯《したおび》を着けていない股間のものを握り締める寸前、唇を離してやったせいで。

「みつ、……んっ、…う、…ぅっ…」

こぼれかけた抗議ごと、すかさず唇を封じる。

張り詰めた肉の刀身《とうしん》の脈動が掌《てのひら》に伝わってきて、光彬は口付けを交わしたまま笑った。我ながら無体を働いている自覚はあるが、それでも抵抗一つしない…夫のなすこと全てを受け容《い》れてくれる妻の従順さが愛おしくて。

純皓の手がゆっくりと光彬の背中をたどり、腰から腹の方へ回り込む。かすかな衣擦《きぬず》れと共に、袴《はかま》の腰紐《こしひも》が解かれた。

そのまま袴をずり下ろされ、中に締めていた細帯も解かれれば、光彬は小袖と下帯だけの姿になる。…すぐにでも妻とまぐわえる姿に。

……欲し、い。

高鳴る鼓動に合わせ、尻の奥が疼《うず》いた。何かがぽっかりと欠けてしまったような虚《うつ》ろな感覚を、満たせるのは純皓だけだ。

掌の中のものは今にも弾けてしまいそうな勢いで脈打っている。光彬がやわやわと扱《しご》いてやるだけで歓びに打ち震え、先走りをこぼす。純皓もまた、光彬が欲しくて欲しくてたまらないのだ。

「……、……ああ…っ……！」

純皓が絶頂に達したのは、気配を察した光彬が唇を解放した直後だった。

白い肌を薄紅色《うすべにいろ》に染め、悦楽《えつらく》に浸《ひた》る美貌は罪作りとしか言いようが無い。ほんの少しばかり癒《い》やされた光彬の飢《う》えを、いっそう酷《ひど》くするのだから。

おもむろに身を起こし、光彬は足首のあたりでわだかまっていた袴を蹴飛《けと》ばした。小袖も脱ぎ捨て、下帯を解いていく。掌にぶちまけられた精をこぼしてしまわぬよう、気をつけながら。

「…光、彬…」

恍惚《こうこつ》と見上げる純皓の双眸《そうぼう》にかすかな警戒心が宿っているのは、また唇をふさがれてしまうことを恐れているせいだろうか。光彬にはそんなつもりなんて無いのに。純皓のさえずりを存分に愉《たの》しみたいし…もう、余裕も残っていないから。

精に濡れた掌を見せ付けるようにかざしてから純皓にまたがり、そっと己の尻の狭間《はざま》を探る。搾《しぼ》り取られたばかりの精はまだ生ぬるく、蕾《つぼみ》になすり付ければたちまち熱くなった。

「…は…っ、あ……」

「う……、……光彬……」

達して間も無いはずの太魔羅《ふとまら》が、光彬の前でむくむくとそびえていく。

もうすぐあれを迎え入れるのだと思うだけで胸が躍《おど》り、蕾を解す指の動きも大胆になった。恐る恐る入り口のあたりを探っていた指先は純皓の精のぬめりを借り、奥へ奥へと潜《もぐ》り込む。

「あ…っ…、あ、…はぁ、…っ…」

いつしか光彬の唇からも甘い声が漏れ始めていた。股間のものが知らぬ間に反《そ》り返り、解放を求めてびくんびくんと震えている。

「……純皓、……お……」

たどたどしく呼べば、食い入るように光彬を見詰めていた純皓が両手で腰を支えてくれた。

光彬は尻の中の指を引き抜き、物欲しそうにうごめく蕾に熟した切っ先をあてがう。そこは光彬のものに劣らぬほど猛《たけ》り、収まるべき鞘《さや》を待ちわびている。

「……あっ……、……！」

一息に腰を落とした瞬間、声にならない悲鳴が喉奥から溢れた。いや、悲鳴だけではない。弾けた肉茎《にくけい》の先端が大量の精を吐き、純皓の腹を汚す。

「……光彬、……この、……」

獣が喉を鳴らすような低い声で、妻が何と言ったのか。聞き返すことも出来なかった。腰を両側から鷲摑《わしづか》みにされ、激しく突き上げられたせいで。

「あっ…、あ、…あぁっ…、純皓、…す、み、…ひろっ…」

「光彬…、…はぁ、……光彬……！」

ずん、ずんっと容赦《ようしゃ》無く腹を抉《えぐ》られるたび、臓腑《ぞうふ》をかき混ぜられる感覚と共にえもいわれぬほどの快楽の波が押し寄せる。もっと溺れてしまいたくて無心に腰を振っていると、純皓の腹についていた手をむんずと引き寄せられた。

「……く…っ…！」

がり、と噛み付かれたのは、ついさっきまで尻を解《ほぐ》していた指だ。

ぎらついた眼差しに促《うなが》されるがまま、光彬は解放された指で吐き出したばかりの精を拭《ぬぐ》い、純皓の口元にかざす。

「……あ、…ん…っ……」

今度は優しく舐められたのに、腰が甘く疼《うず》いた。極めたばかりの肉茎にじわじわと熱が集まってきて、ぶるりと震える。

――触るな。

手を伸ばそうとしたとたん、言葉よりも雄弁《ゆうべん》な瞳に警告された。

身じろいだ拍子にいっそう深く純皓を銜え込んでしまい、光彬は引き締まった腰をわななかせる。勃ち上がりつつある肉茎がぶるんと揺れる。

「…くくっ…」

純皓が満足そうに喉を鳴らし、舌なめずりをする肉食獣のごとく唇を舐め上げた。紅《あか》い舌が口元の黒子をかすめる。

「ああ、…あっ……」

その淫靡《いんび》な対比にごくりと唾《つば》を飲んだのを見計らったように、指先に歯をたてられた。かすかな痛みはあっという間に熱に呑み込まれ、新たな快楽の呼び水となる。

じじっ、と行燈《あんどん》の炎が爆《は》ぜた。

「…ひ…っ、あ、ああ…っ、んっ、ああ、純皓…っ…」

「光彬…、…光彬っ…」

まともな言葉すら紡《つむ》げず、ただ互いの名を呼び合いながら一心不乱に腰を振る将軍と御台所の影が襖で揺れている。淫《みだ》らな影の二人は、まるで二人きりの世界に閉じ込められてしまったかのようで。

「あ……、あぁぁ……っ！」

「っ…、光彬、……」

共に絶頂を駆け上がる瞬間、純皓は上体を起こし、光彬をきつく抱きすくめた。光彬も鍛《きた》えられた背中に腕を回し、ぎゅっと力を込める。隙間無く重なった胸の奥で、互いの心の臓が同じ律動を刻んでいる。

「……ああ……」

腹の奥に注ぎ込まれる精の熱さに、光彬はうっとりと酔いしれた。…自分の中に純皓の命が息づいている。純皓の中にもまた、光彬の命が生きている。

夫婦とは互いの欠片《かけら》を受け継ぐ者のことを言うのかもしれない。はるか遠い…けれど確実に訪れる未来で、どちらかが先に旅立った時、遺《のこ》された方が最後まで生き抜くために。

「…ん…う……っ…」

狂おしい熱を閉じ込めた瞳に促されるがまま口を開ければ、やわらかな唇にふさがれ、舌を絡められる。

下だけではなくこちらでも純皓を味わいたい、という願いは読まれていたようだ。待ち望んでいた感触と甘い唾液を恍惚と味わいながら、光彬は長い黒髪を梳《す》き、しなやかな筋肉のついた背中を掌全体で撫でさする。

いくら触れても足りない。触れれば触れるほど欲しくなる。

純皓とのまぐわいに熱中してしまうのはいつものことだが、今宵は妙だ。すでに二度達し、普段なら少しは落ち着く頃なのに、身体の熱がまるで鎮《しず》まってくれない。

「…大丈夫だ。お前は何もおかしくなんてない」

ねっとりと唾液の糸を引きながら離れた純皓が、舌先で光彬のそれをなぞった。くすぶり続ける快楽の熾火《おきび》がぼうっと燃え上がる。

「戦場帰りの奴や、命懸けの仕事を片付けた奴…つまり命の危険にさらされた人間は、誰とでもいいからやりたくてたまらなくなるものなんだ。死ぬ前に自分の種を蒔《ま》いておかなければならないと、本能的に思うんだろうな」

「……本、能？」

確かに昨日、光彬は何度も命の危険に襲われた。玉兎《ぎょくと》との戦い、南蛮船《なんばんせん》の大砲、隆義との決戦。今まで生きてきた中で、最も死に近付いたと言ってもいいだろう。

でも、これは。

「…違う。死にかけたからではない」

離れていこうとする舌を追いかけ、深く口付ける。驚きつつも素直に受け容れてくれる口腔《こうこう》の熱さをじっくり味わい、光彬は濡れた唇を純皓の耳に寄せた。

「お前が欲しい」

「……っ…」

「生き延びた喜びをお前と分かち合いたい。…誰とでもいいわけではない。お前でなければ駄目だ」

誰でもいいのなら、中奥で隼人やその配下の小納戸たちを褥《しとね》に引きずり込んでいたはずだ。彼らも拒まなかっただろう。

けれど城表《しろおもて》で後処理に追われている間も、中奥に戻ってからも、そういう気には一瞬たりともならなかった。ただ純皓に会いたくて……その姿を目《ま》の当たりにした瞬間、全身の血潮が騒いだ。それは今も。

「…わかるか？　俺の心の臓が、お前を求めているのが」

硬直している首筋に腕を回し、重なった胸を擦《こす》り付ける。早鐘《はやがね》のような純皓の鼓動が伝わってくるように、純皓も感じているはずだ。いつもより速く力強い光彬の脈動が。

「誰と居る時でも、命を賭けた真剣勝負の時でも、こうはならん。…俺を欲望の虜《とりこ》にするのは、純皓…」

お前だけだ、と囁く前に視界が回る。背中をしたたかに打ち付けられ、眉をひそめる光彬を純皓が見下ろした。光彬の中に入ったままの肉刀が脈打ち、熱を帯びていく。

「……せっかく、今日は見逃してやろうと思っていたのに」

「な、……に？」

「お前は疲れ切っている。今日は好きなようにさせて、お代の取り立てはいずれ、と思っていたのに……」

お代、の一言で光彬は思い出した。

『…俺のお代は高いぞ？』

主殿頭《とのものかみ》の邸《やしき》で玉兎と対決した際、助力を求めた光彬に純皓がそう言ったことを。自分は何と返した？　確か…。

「後で好きなだけ払ってやる。…そう言ったよな？」

「…あ、……ああ」

「お前がその気なら……今すぐ、耳を揃えて払ってもらおうか」

艶然《えんぜん》と微笑み、純皓は腰をくねらせる。肩に引っかかっていた小袖がふわりと畳に落ち、一糸纏《いっしまと》わぬ裸身がさらけ出された。

……俺のものだ。

毎夜のごとく睦《むつ》み合い、すっかり馴染んだ…見ていないところなど無いはずの裸身に、むらむらと情欲が湧き立つ。

白い肌にくまなく刻印を刻み、光彬に包まれていきり勃つ太摩羅から一滴残らず精を搾り取って、そして…。

「…こら」

黒髪を掬おうとした手を捕らわれ、甲の部分に唇を落とされた。艶を含んだ上目遣いの双眸《そうぼう》に吸い込まれてしまいそうだ。

「お代を払ってくれるんだろう？」

「っ…、あ……」

逞《たくま》しさを取り戻した肉刀が濡れた媚肉《びにく》を擦り上げる。ぐちゅん、と中に注がれた精がいやらしい音を奏《かな》で、硬い切っ先によってさらに奥へと送り込まれていく。

「お前の、……ここでな」

「ああ…っ…、…はっ、ああ、……純皓…っ…」

悪寒と紙一重の快楽の予感がぞくぞくと背筋を這い上がる。玉兎よりも隆義よりも…どんな敵よりも恐ろしいのは純皓だ。欲望のしたたる眼差しにからめとられ、吸い付くような肌に触れただけで降伏せざるを得なくなってしまうのだから。

「…はぁ、…っ、あぁぁ…んっ、あ、ああ……」

大きく広げられた脚を担《かつ》がれ、下肢《かし》がわずかに浮かび上がる。露《あら》わになった蕾を貫《つらぬ》く肉刀は一突きごとに猛々しく狂い、濡れた媚肉ごと、わずかに残されていた理性までをもぐずぐずに溶かしてしまう。

――もっと狂え。

情欲の炎を宿した黒い双眸が甘くそそのかす。

――狂って溺れて、……忘れてしまえ。一晩だけでも、お前が将軍であることを。

「…純、皓…、…俺は、…俺は…」

光彬は両腕で純皓の首筋に縋《すが》った。さっきから目がぼやけて、淡く滲んでいる。

光彬の頬を伝うものを舐め、純皓は囁いた。

「お前は俺の夫だ」

「……っ、……あ、…ぁ、……」

「だから……」

光彬がきゅうっと腹の中のものを締め付けて口付けをねだったせいで、続きは光彬の唇に吸い込まれた。けれど、聞かなくてもわかる。純皓が何を言おうとしていたのか。

――だから、どんな姿をさらしてもいい。

打ちひしがれても、泣いても、嘆《なげ》いても、怒っても。

臣下たちには決して見せられない感情を、純皓なら全て受け止めてくれる。

「……消えさせたく、なかった……」

光彬のために全てを捧げた鬼讐丸《きしゅうまる》。人間の勝手で生み出され、人間を救うために力を使い果たした玉兎。

彼らは満足して消えていった。光彬の後悔も涙も望むまい。

大儀《たいぎ》であったと、将軍ならば笑顔でねぎらわなければならない。

けれど、ただの光彬としては…鬼讐丸の主であり、祖父の孫としては…。

「……俺もだ」

濡れた唇を光彬の額に押し当て、純皓は腰を揺らした。ずっぽりと嵌《は》まり込んだ切っ先が最奥《さいおう》で角度を変え、媚肉を抉る。

「…ぁ…っ……」

「あいつらは俺たちの…陽ノ本《ひのもと》の恩人だ。玉兎にはさんざん苦しめられはしたがな。叶うものなら、ずっと生きていて欲しかった」

哀切の滲む口調で、光彬は今さらながらに思い出す。純皓は金龍王丸《きんりゅうおうまる》の力によって、消えゆく鬼讐丸を見ていた…たった一人の仲間でもあるのだと。

陽ノ本の民にとって鬼讐丸は将軍の愛刀であり、玉兎は将軍に加護を授《さず》けた守護神だ。誰も知らない。彼らがそれぞれの意志を持ち、泣き、笑い、大切なもののために散っていったことを。光彬と純皓以外の、誰も。

たった一人――純皓だけが今、光彬の胸に渦巻く感情を分かち合える。共に彼らを悼《いた》むことが出来る。

……そういうことか。

あの小さなほこらの中で彦十郎《ひこじゅうろう》だけを待ち続けた玉兎の気持ちが、初めて理解出来た。たった一人でも同じ思い出を共有する者が居てくれれば、心はこんなにも安らぐのだ。

「…お前は、いい男だな…」

落ちかかってくる黒髪を梳きやり、光彬は無駄な肉の一切ついていない腰に両脚を絡めた。頬に手を滑らせ、唇を重ね合わせる。

純皓はくすぐったそうに身を震わせた。

「惚れ直したか？」

「ああ。……惚れすぎて、どうにかなってしまいそうなくらいに」

きっと純皓は、主殿頭の邸で戦っている時からわかっていたのだろう。光彬がとほうも無い量の重荷を背負いこむことになると。だからお代などと言い出して、少しの間でも重荷を下ろせるようにしてくれたのだ。

「なら……今宵は俺に溺れてくれるか？」

したたる蜜《みつ》よりも甘く囁かれ、光彬は項を吸い上げる。光彬のものである証の紅い花。純皓の白い肌には、ずっとこの花を咲かせていたい。

「……今宵と言わず、毎夜でもずっと」

美しき野獣と化した純皓に精根尽き果てるまで抱かれ、泥のような眠りに落ちてから何刻《なんとき》ほど経《た》った頃だろう。

『……光彬。光彬』

澄んだやわらかな声が光彬の耳をくすぐった。

重たいまぶたを押し開けてすぐ夢だと悟ったのは、隣に純皓の姿が無かったせいだ。裸のまま純皓と抱き合って眠ったはずなのに、いつもの小袖と袴を身に着けている。

『お前は……』

光彬は目を瞠《みは》った。一面の闇の中に淡い光を纏った玉兎が佇《たたず》んでいたのだ。細い腕に、白いおくるみに包まれた赤子を抱いて。赤子はすやすやと寝息をたてているが、整った目鼻立ちにどこか懐かしさを感じる。

『……玉兎？　お前は消滅したはずではなかったのか？　それにその赤子は……』

立て続けに質問を浴びせると、玉兎は唇を尖らせた。

血に染まっていたはずの白衣《びゃくえ》と千早《ちはや》は真新しく、どこも裂けていない。それどころか金糸《きんし》の刺繍《ししゅう》が施《ほどこ》されていたり、大きく裾《すそ》を引く裳《も》が追加されていたりと、全体的に豪華さと神々しさを増している。

『そなたは彦十郎に似てせっかちじゃの。ようやく寝付いたところなのに、あまりうるさくすると起きてしまうではないか』

『あ、…ああ、すまん』

ふぇ、ふぇ、と赤子がむずかり始めたので、光彬は慌てて口を閉ざした。幸い、玉兎にゆらゆら揺らしてもらった赤子はすぐにおとなしくなり、再び眠りに落ちていく。

『よしよし、良い子じゃの、鬼讐丸』

『きしゅ、……っ？』

声を上げてしまいそうになり、光彬はとっさに口を覆った。…今、玉兎は何と言った？　その赤子が鬼讐丸？

『……消滅するはずだった私を、鬼讐丸が救ってくれたのじゃ』

玉兎の口調は子守唄のように穏やかだった。あどけなさの残る顔には人の親にも似た慈愛が滲み、腕の中の赤子を心から可愛がっていることが伝わってくる。

『消えゆく私の前に鬼讐丸が現れ、最後の力を私に託してくれた。おかげで私はこの世に留まることが出来た』

『…鬼讐丸が…』

『それから私に恵渡《えど》の民が感謝の祈りを捧げてくれた。かつて小さなほこらで受け取っていたのとは比べ物にならぬほど篤《あつ》く良質な、大量の信仰が、かろうじて存在しているに過ぎない私をあるべきモノに戻してくれた』

元々、玉兎は流行病《はやりやまい》を鎮めて欲しいという人々の切なる願いから生まれ出《いで》た神だった。それを災厄の疫神《えきがみ》に変えてしまったのも人々なら、恵渡の守護神に生まれ変わらせたのも人々なのだ。

『私はばらばらになって消える寸前の鬼讐丸の欠片をより集め、再生させた。…しかし集められたのは核の部分だけじゃ。鬼讐丸が鬼讐丸であった所以《ゆえん》…剣精《けんせい》として積み重ねた知識や経験、記憶までは拾い切れなかった』

『…だから、赤子の姿に？』

『そう。今の鬼讐丸は人の赤子と同じ、まっさらな状態じゃ』

無垢《むく》で愛くるしい赤子の中には、光彬と共に過ごした記憶も何もかも残っていない。ずきんと胸が痛んだが、悲しみより喜びが勝《まさ》った。

もうこの世のどこにも居ない。二度と逢えないのだと諦めていた鬼讐丸と、再会を果たせたのだ。これに勝る喜びがあろうか。

『礼を言う、玉兎。よくぞ鬼讐丸を救ってくれた』

『…先に助けられたのは私じゃ。借りを返したまでのこと』

『それでもだ。またお前たちに逢えたのは、お前のおかげだからな』

『…………』

玉兎は鬼讐丸を抱いたまま、ふいっとそっぽを向いてしまう。

『玉兎？　どうしたのだ』

『……お前たちに、と申したか。鬼讐丸だけではなく、私に逢えたのも嬉しいのか？』

『当たり前だろう。俺はお前の消滅を望んでいたわけではないし、俺も民も皆お前に助けてもらったのだからな』

『……』

『ああ、そう言えばまだ礼を伝えていなかった。ありがとう、玉兎。我らを助けてくれたこと、陽ノ本の民を代表して衷心《ちゅうしん》より礼を申す』

光彬は深く腰を折った。将軍は誰に対しても低頭《ていとう》してはならないとされるが、民を救ってくれた存在に頭を下げるのは当然のことだ。

『……そなたは、やはり彦十郎の孫じゃ』

身体を起こすと、赤面した玉兎に予想外の文句をぶつけられた。

『姿かたちはさほど似てもいないのに、彦十郎のようなことばかり言う。彦十郎もよくそうして人を誑《たら》し込んでおった』

『俺はただ、思ったままを伝えただけだが』

『それが誑すと申すのじゃ！　……ああ、すまぬ鬼讐丸』

驚いて起きてしまいそうになった鬼讐丸を、玉兎は抱え直しながらあやした。赤子の世話は大変だと聞くが、人ならざるモノでも同じようだ。肉体の疲労とは無縁のはずの玉兎も、少し疲れたように見える。けれど満ち足りて幸せそうだ。

鬼讐丸が落ち着くと、玉兎はそっと口を開いた。

『……鬼讐丸が成長するまで、我らの時においても長い時間がかかる。そなたが生きている間に、再び自我を得ることは無いだろう』

『…そう、か』

『力強き神が人の夢枕に立てば、その者に大きすぎる負担をかけることになる。こうしてそなたと話せるのも、きっとこれが最後じゃ』

夢から覚めてしまえば二度と逢えない。なのに玉兎は静かに微笑んでいた。

わかっているから。

陽ノ本が続く限り、光彬たちの欠片もまた受け継がれる。玉兎は決して独りきりにならないのだと。

そしてこれからの玉兎には鬼讐丸が居る。床を這い、よちよちと歩き出し、言葉をしゃべるようになっていく鬼讐丸の成長は、玉兎の大きな慰めになってくれるだろう。…その姿を見ることは、今生《こんじょう》の光彬には決して叶わないけれど。

『私は鬼讐丸と共に陽ノ本を守ろう。彦十郎とそなたの欠片が受け継がれる限り、ずっと』

『……ああ、見守っていてくれ』

いつか夜明けのまばゆい光が陽ノ本を照らす。光彬は迎えられないその日を玉兎と鬼讐丸が迎え、民と共に祝ってくれればいい。

光彬は小さな神と赤子の頭を優しく撫でた。すると赤子はぱっちりと目を開き、嬉しそうに笑う。

――また逢おう、あるじさま。

快活な笑い声が聞こえた。

それが最後の記憶だった。

ふっと目覚めると、安らかな寝息をたてる純皓の寝顔が目に入った。午睡《ごすい》する天人もかくやの麗《うるわ》しさに、幸せな気持ちがいっそう強くなる。

「……もう、朝か」

格子窓から光が差し込んでくる。太陽の位置からして、明け六《む》つ（午前六時）くらいだろう。いつもなら目覚めの手水《ちょうず》が運ばれてくる頃合いだが、純皓にまだ目覚める気配は無い。普段は光彬より必ず早く起きて世話を焼こうとするのに、珍しいことだ。

……それも当然か。昨日は結局、行燈の油が無くなっても……。

己の指先もろくに見えない闇の中、互いの肌の感触を頼りに睦《むつ》み合った記憶がよみがえり、光彬は無防備にさらされた純皓の鎖骨《さこつ》のあたりに口付けた。

乱れた黒髪から覗く項も胸元も、昨夜光彬が刻んだ痕がくまなく散らされている。きっと自

分の身体も似たようなものだろう。

純皓のものを銜えたまま失神するように眠ってしまったはずなのに、不快な感触が無いのは、純皓が清めておいてくれたからに違いない。どんなに疲れていても、献身的な妻は光彬を優先する。

「純皓、……純皓？」

「……ん、……」

耳元で呼びかけても純皓は小さく呻《うめ》くだけで、目覚めない。狸寝入《たぬきねい》りかと思ったが、本当に眠っているようだ。よほど疲れているのだろう。

「――誰だ」

襖の外に気配を感じて誰何《すいか》すると、返ってきたのは咲の声だった。

「私でございます。お召し物と朝餉《あさげ》をお持ちしたのですが…御台所様はまだお休みでいらっしゃいますか？」

「そうだ。…少し待っていてくれ」

純皓を起こしたくない。光彬は散らばっていた小袖を手早く身に着けた。

細く襖を開けると、廊下に咲がひざまずいている。…何故か少し離れ、背中を向けて。

「…何をしているのだ？」

「無礼をお許し下さい。でも寝起きの上様の艶っぽいお姿なんて拝《おが》んでしまったら、きっときついお仕置きをされちゃうので」

　咲は何度頼んでも前を向いてはくれなかったが、やるべきことはきっちりやってくれていた。着替えの入った乱れ箱と、朝餉の膳《ぜん》とお櫃《ひつ》がそれぞれ二人分襖の前に置かれている。

「俺から純皓に渡しておこう。朝早くからご苦労だったな」

「とんでもないことでございます。…その、御台所様は…」

「疲れて眠っているだけだ。案ずる必要は無い」

　ほう、と咲は安堵の息を吐いた。動きやすい小袖を着た背中には疲労の影が漂っている。純皓に代わり、大奥を取り纏《まと》めてくれていたのは咲なのだ。

「咲も一昨日《おととい》はよく頑張ってくれたな。礼を言うぞ」

「そんな…、私は当然のことをしただけですから」

「いや、富貴子姫や鶴…、…鶴松に桐姫や佐津間の奥女中たちまで加わったのだ。舵取《かじと》りを間違えば大変なことになっていたはずだ」

　決して大げさではない。佐津間の奥女中が自暴自棄になり、徒党を組んで暴れれば鶴松が…光彬のたった一人の跡継ぎが犠牲になったかもしれないのだ。怪我人を出さず、騒ぎも起こさなかったのは間違い無く咲の手柄である。

「落ち着いたら、何か褒美《ほうび》を出さなければなるまいな。純皓もきっとそう言うだろう」

「……本当ですかっ⁉」

何気無い提案に、咲はすさまじい勢いで喰い付いた。すすすす、と背中を向けたままにじり寄ってくるのがとても怖い。

「本当に、本当ですか？　何でもご褒美を頂けちゃうんですか？」

「…あ…、ああ。俺に出来ることなら」

「じゃあ、十日ほどお休みを頂きたいです。夫も一緒に！」

いったいどんな褒美をねだられるのかと思ったら、拍子抜けするくらい簡単なことだった。咲は純皓の右腕であり、門脇《かどわき》は城表と中奥の橋渡し役だ。二人同時に抜けられるのは痛いが、今回の一件が落ち着いた頃にならば休ませてやれるだろう。

「そんなことで良いのか？　何なら宝物庫から何でも好きなものを…」

「そんなことがいいんです！　ぜひともお願いします！」

がばあっ、と咲は平伏した。首を後ろにひねり、身体だけを前に向けるという器用な体勢で。

……許してしまっていいのだろうか？

つかの間ためらったのは、一昨日大奥を訪れた際、門脇との夫婦生活に一抹《いちまつ》の不安を覚えたことを思い出したせいだ。もちろん門脇にも褒美を与えるつもりでいる。だが愛妻と二人きりの休暇を、門脇は喜んでくれるのか…。

「……わかった。今年じゅうに必ず十日、暇を与えよう」

「ありがとうございます！」

悩んだ末、咲の異様な迫力に圧《お》されるようにして許してしまった。何故か『ぴぎゃあああああ』と悲鳴を上げながら逃げ惑う乳兄弟が脳裏をよぎる。

……すまん、小兵衛《こへえ》。

「ところで、鶴…、…鶴松たちはどうしている？」

心の中で詫びながら問うと、咲は首をひねったままうきうきと答えた。

「鶴も富貴子姫も桐姫も元気にしております。後ほど上様にお会いしたいと、鶴が申しておりました」

「そうか。八《や》つ（午後二時）くらいなら時間が取れると伝えてくれ」

鶴松の用件はわかっている。桐姫の助命嘆願《たんがん》だろう。今後のためにも、しっかり打ち合わせをしておかなければなるまい。

「承知いたしました。…では私はこれにて失礼いたします」

咲は鼻歌混じりにいそいそと去っていった。調子外れな歌に時折『しっかり調教』だの『快楽漬け』だの不穏な言葉が入るのが恐ろしい。

光彬は着替えと食事を運び込み、純皓の枕元に座った。耳元に唇を寄せ、甘く呼びかける。いつも純皓がしてくれているように、そっと肩を揺らしながら。

「純皓、朝だぞ」

「……あ、……？」

長いまつげに縁取られたまぶたが重たげにしばたたく。

とろんとした表情はどこか幼く、光彬の胸をきゅんと疼かせた。この男のこんなに無防備な姿を拝めるのは光彬だけだ。

今までも、…これからも、きっと。

「そろそろ起きてくれ。せっかくの朝餉が冷めてしまう」

「え、……えっ？」

がばりと起き上がる純皓を、光彬はとっさに避けた。驚きに見開かれた双眸を覗き込み、にこりと笑う。

「おはよう」

「…お、……はよう」

「腹が空いているだろう？　咲が朝餉を運んで来てくれたから、一緒に食べよう」

光彬が二つ並んだ膳の右側に移動すると、純皓はのろのろと褥《しとね》から抜け出した。おぼつかない手付きで落ちていた小袖を纏い、帯を締め、光彬の隣に座る。いつもとはかけ離れたぎこちない動きは、まるでからくり人形か何かのようだ。

膳に並ぶのは一汁二菜《いちじゅうにさい》。炊きたてのご飯にあさりと干葉《ひば》の味噌汁《みそしる》、赤貝と鯵《あじ》の膾《なます》、慈姑《くわい》と雁《がん》もの煮物だ。将軍と御台所の食膳《しょくぜん》に並ぶには質素な献立《こんだて》だが、祖父や母と慎ましく暮らしてきた光彬にはちょうどいい。

「……どうしてお前が起きてるんだ?」

純皓が茶碗と箸《はし》を持ってからそんなことを言うので、光彬は噴き出しそうになった。

「どうしても何も、先に目が覚めたからに決まっているだろう」

「昼まで眠りこけるくらい可愛がったつもりなんだがな。……足りなかったか?」

純皓はずいと顔を近付ける。茶碗と箸を持ったままでも、寝起きのしどけなさを孕《はら》んだ眼差しはぞくりとするくらい蠱惑的だ。

「じゅうぶん足りた。…きっと、夢見が良かったおかげだろうな」

「夢見……?」

いぶかしそうな顔をする純皓に、光彬は膳を食べながら話してやった。

夢に玉兎が現れ、語ってくれた全てのことを。赤子となった鬼讐丸が、最後に『また逢おう』と笑ってくれたことを。

「……そうか、あの二人が……」

聞き終えた純皓は何かを噛み締めるようにまぶたを閉ざし、光彬に微笑んだ。

「また逢おう…か。いつか、本当に逢えるかもしれないな」

「そうだな。…いつかきっと…」

人の魂は冥府《めいふ》に下《くだ》った後、三界六道《さんがいりくどう》に生まれ変わるという。光彬の魂も自我を得た鬼讐丸と再び巡り会う機会があるかもしれない。

その時こそ、陽ノ本が夜明けの光に包まれているといい。

「きっと俺も逢えるだろう。何度輪廻《りんね》をくり返そうと、俺の魂はお前の傍を離れないから」

「次の世も、さらに次の世もお前と一緒か」

「……嫌か？」

純皓が眉宇《びう》を曇《くも》らせる。

光彬はその手から空《から》になった茶碗を取り、お櫃からお代わりを盛ってやった。祖父や母と暮らしていた頃は自分で給仕するのが当たり前だったが、将軍となった今、こうして飯を盛ってやれる相手は純皓くらいだ。

「いや。お前とこうして過ごせるのなら、俺は次の世もずっと幸せに生きていけるのだろうと思ったのだ」

共に眠り、目覚め、何気無い会話を交わしながら温かい食事を取り、夜になれば睦み合い、そしてまた共に眠る。ありふれた…だが得がたい夫婦の暮らしが永遠に続くのなら、これ以上の幸福は無い。

「……そうだな」

虚《きょ》を突かれたような顔をしていた純皓は茶碗を受け取り、微笑んだ。

歓喜の滲み出るその笑みに、光彬は西の都から輿入《こしい》れしてきたばかりの純皓と初めて対面した時を思い出す。

打掛を纏い、淑《しと》やかにぬかずいた麗人《れいじん》に一目で魅了された。

きっとあの瞬間、光彬の運命は定まったのだ。

「俺にとって、お前と出逢えたことが最高の幸運だ。……我が、背《せ》の君《きみ》」


佐津間藩主《さつまはんしゅ》・志満津隆義《しまづたかよし》及び西海道諸藩《さいかいどうしょはん》による反乱――後の世において『西海道の乱』と呼ばれた事件が将軍・七條光彬《しちじょうみつあき》と幕臣《ばくしん》、幕府に味方する諸藩、恵渡《えど》の民《たみ》の一致団結した反撃によって鎮圧《ちんあつ》されてから一月後《ひとつき》。反乱の首謀者、及び加担《かたん》した者たちに対する処分が正式に決定し、公表された。

反乱の首魁《しゅかい》、志満津隆義は戦死を遂《と》げていたが、その罪は死をもってしても償い切れないため、塩漬けにされていた遺体を磔《はりつけ》に処された。後に首を落とされ、小柄原《こづかはら》と錫ヶ森《すずがもり》の二か所の刑場に半月ずつ晒《さら》されるという、大藩《たいはん》の大名《だいみょう》としては例の無い厳刑であったが、幕府内に反対者は一人も出なかった。

隆義には正室の他、六人の側室《そくしつ》と、彼女たちに産ませた二十人近い子どもが存在した。正室と側室、そして幼い姫たちは女子《おなご》のため尼寺《あまでら》に入り、俗世《ぞくせ》との縁を絶つことで許されたが、嫡《ちゃく》男《なん》以下の男子は全員切腹を命じられた。前藩主の息子、隆義の異母弟たちも同様だ。

調査で隆義の陰謀との関わりが発見されなかったにもかかわらず、幼児と言える歳の子まで死刑に処されたのは、危険な反逆者の血を根絶やしにしなければならないと常盤主殿頭《ときわとのものかみ》をはじめとする重臣たちが強く主張したためである。

切腹を命じたのは武士としての名誉を守ってやるためだが、異母弟たちはともかく、幼い子らに自《みずか》らの腹を切るなど出来るわけがない。将軍光彬はせめてもの慈悲として凄腕《すごうで》の介錯人《かいしゃくにん》を遣わした。隆義の息子たちが刑場の露と消えたその日、中奥《なかおく》の小姓《こしょう》たちは数珠《じゅず》を手に瞑目《めいもく》する将軍の姿を目撃したという。

数多《あまた》居る隆義の異母妹たちも助命されたのだが、桐《きり》姫だけは例外だった。郁《いく》姫と前武家伝奏《ぶけてんそう》の廣橋《ひろはし》を殺害した幕臣たちは隆義に操られていたこと、そして新たな武家伝奏として佐津間藩に有利な『朝廷の御扱《おあつか》い』を主導していた紫藤麗皓《しとうつぐひろ》が隆義と通謀《つうぼう》していたことが入念な調査によって明らかにされたためである。

幕府に突き付けられた屈辱的な条件。その核となるのが、光彬の側室候補である桐姫だった。桐姫自身は陰謀とは無関係…むしろ異母兄に巻き込まれた被害者だとしても、将軍家の血筋を乗っ取られかけた幕臣たちの怒りは治まらない。

光彬も『尼寺に入れるだけでは生ぬるい』という声を聞き入れざるを得ず、桐姫には遠島《おんとう》を申し付けた。大名家の姫が島流しにされるのは前代未聞だ。実質上の死刑である。

監視役を兼ねた世話役も付けられたが、厳しい島の生活に耐え切れなかったのか、半年も経《た》たずに姫の死亡が報告された。一時は桐姫を御中臈《おちゅうろう》として迎えた大奥でも彼女の名前は禁句とされ、誰も口にしなくなったそうだ。

女子の姫さえそうなのだから、自らの意志で隆義に加担した西海道諸藩の藩主たちは厳しい処罰を受けた。

藩主は生きたまま数日間刑場で磔にされ、庶民の罵声《ばせい》を浴びせられる恥辱《ちじょく》を存分に味わった後、処刑人の槍《やり》で突き殺された。首は隆義と共に晒され、弔《とむら》うことも許されず野の獣の餌《えさ》にされる。

隆義の息子は全員処刑されたが、藩主たちの息子は罪一等を減《げん》じられ、出家を命じられた。それぞれゆかりの寺に入り、亡くなった人々の冥福《めいふく》を祈ることになる。

隆義と通謀した紫藤麗皓はすでに死亡しているが、存命だったとしても幕府が罪を問うことは出来なかっただろう。朝廷の貴族である麗皓を処罰出来るのは、帝だけだからだ。

西海道の乱が西の都に報告されるや、朝廷は大混乱に陥《おちい》った。

前武家伝奏の廣橋が幕臣に殺された時は『これで幕府に目に物見せてやれる』と大喜びだったのに、事件は隆義によって仕組まれていたのだ。しかも帝が新たな武家伝奏に命じた麗皓が隆義と通謀していたのだから、一転して糾弾《きゅうだん》される側に回ってしまったのである。

麗皓の兄、朝廷の鼻つまみ者の和皓《かずひろ》までもが偽神官に扮《ふん》し隆義に加担していたと聞かされ、貴族たちの怒りは彼らの父親である右大臣に集中した。

身の危険を感じた右大臣は大臣の位を辞し、出家して紫藤家の家督《かとく》を弟に譲った。新たな当主となった弟は兄に似ず温厚な人格者で、恵渡から運ばれた麗皓と和皓の骸《むくろ》を引き取り、ねんごろに供養《くよう》したという。また甥《おい》に当たる御台所《みだいどころ》の後ろ盾《だて》にもなり、たびたび文をやり取りしたそうだ。朝廷に対する幕府の締め付けはますます強くなったが、この人が緩衝役《かんしょうやく》として関係緩和《かんわ》に努《つと》めた。

一方で幕府も混乱と無縁ではいられなかった。咎人《とがにん》の処断の後は、彼らが治めていた広大な領国《りょうごく》と、そこに住まう民の生活を支えなければならなかったからである。

反抗的な元西海道諸藩の藩士を配下に抱えながら、藩政《はんせい》を安定させる。困難極まるその任務に名乗りを上げたのは老中《ろうじゅう》、常盤主殿頭だった。

『すでに家督は嫡男に譲った身。これが最後の御奉公《ごほうこう》になりましょう』

老齢の主殿頭が西海道に封じられれば、二度と生きて恵渡には帰れないかもしれない。厳しい自然も老体には堪《こた》えるだろう。

光彬は慰留《いりゅう》したが聞き入れられず、また主殿頭以上の適役も居なかったことから、佐津間藩及び旧西海道諸藩の纏《まと》め役として常盤主殿頭が派遣された。在任中、主殿頭はその老獪《ろうかい》な手腕で民の慰撫《いぶ》に務め、反抗的だった元藩士たちも新たな主君に従うようになっていく。一説には、主殿頭が敢えて厳しいお役目に名乗り出たのは、幕府のためとはいえ隆義の幼い子どもたちに死《し》を強いた罪滅ぼしであったのではないかと言われる。

こうした数々の厳しい処罰は阿蘭陀《オランダ》や清国《しんこく》など、陽ノ本《ひのもと》と正式な通交関係にある国々にも小さからぬ影響をもたらした。

西海道の乱の顚末《てんまつ》は永崎《ながさき》の出島《でじま》に出入りする者たちから彼らの母国へ伝えられた。欧羅巴北《ヨーロッパ》西部の国である阿蘭陀は、西班牙《スペイン》王国や葡萄牙《ポルトガル》王国に放った密偵から、両国が隆義のために遣わした軍船の結末を報告されている。

もしや自分たちも、悪魔の呪いで死んでしまうのでは？

恐怖にかられた彼らだが、不思議なことに、幕府に認められた国の船が貿易のために出入りする分には何も起こらなかった。しかし幕府に認められた国であっても、自分たちは悪魔の呪いとは無縁なのだと増長《ぞうちょう》し、陽ノ本から奴隷《どれい》を連れ去ろうとしたり、武器を積んで近付こうとしたり――陽ノ本に害意を持つ者たちには容赦《ようしゃ》無く呪いが降りかかった。

陽ノ本の民は『将軍にご加護《かご》を授《さず》けた守護神様が、陽ノ本を守って下さっているのだ』と言うが、彼らにとって神とは天主《デウス》だけだ。神の教えを受けていない極東《きょくとう》の島国が守られるなど、認められるわけがない。

『陽ノ本の将軍は害意持つ者を退ける魔術を使う。魔術を防ぐものはただ一つ、誠実さだけだ』

結局彼らはそう結論付け、力を蓄《たくわ》えた陽ノ本が開国に踏み切るまでの間誠実な対等の取引が続けられた。

後の世の歴史書において、八代将軍七條光彬は真君《しんくん》と敬称される。これは幕府の開祖《かいそ》である初代将軍、七條光嘉《みつよし》が神君《しんくん》と呼ばれるのに比較してのことだろう。

光嘉が神君と呼ばれるのは、死後、権現《ごんげん》として祀《まつ》られたからだ。しかし光彬は存命中に神の加護を受け、西海道の乱を迅速に鎮圧したことから、光嘉公をしのぐ真の君主——真君と誰からともなく呼ぶようになったと伝わる。

真君光彬公の御代《みよ》は幕府の転換期であった。それまでおろそかにされていた外《と》つ国《くに》に対する策が講《こう》じられたのも、そのための人材が育成され始めたのも、幕府の意向を陽ノ本全土に及ぼすべく中央集権化に舵《かじ》を切ったのもこの頃である。

革新的な政《まつりごと》は時に強い反発も生んだが、光彬に忠誠を誓う家臣や、御台所の紫藤純皓《すみひろ》が献身的に支えた。幕府初の男子の御台所である純皓と光彬の仲は非常に睦まじく、光彬は生涯側室を持たなかった唯一の将軍としても知られる。

陽ノ本に夜明けをもたらす。

光彬と純皓の願いは脈々と受け継がれ、やがて陽ノ本が満を持して国を開いた時、身分に関係無く高い教養を誇り、平和を謳歌《おうか》する民や、不正を許さず民のために尽力する役人たちの姿に、訪れた外つ国の人々は驚嘆《きょうたん》したという。

どの国の支配も受けず、民が戦に駆り出されることも、奴隷として連れ去られることも無い。他の東方の国々、大陸に覇《は》を唱《とな》えた清国さえも欧羅巴諸国に蹂躙《じゅうりん》された時代において、それは朝の光のごとき輝きを放つ奇跡であった。

歴史書は偉大なる中興《ちゅうこう》の祖《そ》、八代将軍七條光彬を東方の太陽と称《たた》えて結ばれる。

ここから先は、歴史書には記されなかった逸話《いつわ》を語ろう。


【鶴松《つるまつ》の生母　栄証院《えいしょういん》】

将軍家ゆかりの尼寺に身を寄せてからは、それまでの傲慢《ごうまん》さが嘘のように慎《つつし》み深くなり、亡き夫の菩提《ぼだい》を弔いながら過ごした。西海道の乱の折は逃げ場を失った民を寺に受け容れ、庇護《ひご》したと伝わる。

息子の鶴松が九代将軍に就任《しゅうにん》した後も城には戻らなかった。鶴松と再会を果たしたのは恵渡城を追放されてから三十年以上後、風邪をこじらせた栄証院があらゆる治療を拒み、息を引き取った後だった。鶴松は将軍生母とも思えぬ母の質素な暮らしぶりに涙したという。

【光彬の幼馴染みの少女　やえ】
大奥から暇乞《いとまご》いをした後、しばらく両親の厄介《やっかい》になっていたが、憂《う》さ晴らしで芝居小屋に通ううちに見目麗《うるわ》しい役者と恋に落ちる。

両親の反対を振り切って駆け落ちし、子宝にも恵まれたものの、夫となった役者は若い女と一緒に逃げてしまった。子を養うため朝から晩まで働きづめのやえはすっかり老け込み、酒が入れば近所の住人に『私は上様に惚れられた女よ』としょっちゅううそぶいていたが、誰も信じなかったそうだ。

【大奥総取締役　花島《はなじま》】

西海道の乱から数年後、総取締役の座を退《しりぞ》いた。長年尽くしてくれた彼女に将軍光彬は深い感謝を示し、恵渡城を去る際は直々に見送ったという。

賜《たまわ》った町家《まちや》で悠々自適《ゆうゆうじてき》の暮らしに入った後もたびたびその知恵を頼り、奥女中たちがお忍びで訪れた。花島の語る先々代の御台所、天永院《てんえいいん》の人となりはどことなく光彬を思わせ、本当の祖母と孫のようだと奥女中たちは噂した。

【先々代御台所　天永院】

西海道の乱勃発《ぼっぱつ》時には故人であったが、真君光彬公の存在はこの女性を抜きにしては語れない。先代将軍が流行病《はやりやまい》によって急死した際、最も可能性が低いと見られていた光彬が八代将軍に選ばれたのは、天永院の強い推挙ゆえだからだ。

光彬の義祖母に当たる彼女がそこまで光彬を支持した理由は現代に至るまで明らかにされていないが、本当の孫だったからではないかという説がある。光彬の実母おゆきが天永院の娘ではないかというのだ。しかしおゆきは貧しい御家人《ごけにん》の娘であり、都の高位貴族と関わるような身分ではないため、俗説《ぞくせつ》に過ぎないというのが学者たちの見解である。

仮におゆきが天永院の実子なら光彬は将軍家と五摂家《ごせっけ》の血を引き、帝にもつながる陽ノ本屈指《くっし》の高貴な血筋の貴公子ということになるので、民が名君に夢を見たのだろう。

彼女に仕《つか》えた花島によれば、天永院自身は美しく聡明で、不思議と人を惹き付ける魅力の主だったという。


【光彬の生母　おゆき】

貧しい御家人の娘に生まれながら将軍に見初《みそ》められ、将軍生母にまで出世したおゆきを、人々は女の栄華を極めた幸運な女性と羨《うらや》む。しかしおゆき自身は高い身分も豪奢《ごうしゃ》な暮らしも望まず、息子の足手まといにはなるまいと小さな庵《いおり》で生涯を過ごした。

光彬は御台所の純皓も連れてたびたびお忍びで訪れ、母の無聊《ぶりょう》を慰めたという。公家《くげ》出身の御台所と御家人の娘。生まれつきの身分が天地ほどに違う嫁と姑《しゅうとめ》は光彬が驚くくらい意気投合し、本当の親子のように仲が良かった。いつまでも若く、不思議と人を惹き付ける魅力を持つおゆきの元には彼女を慕《した》う者たちが身分を問わず訪れ、将軍生母と知らぬまま恋い焦《こ》がれる者まで現れたため、光彬は頭を悩ませたそうだ。


【『紅鞘《べにざや》』の長《おさ》　陽炎《かげろう》】

西海道の乱の後は終生《しゅうせい》、南町奉行《みなみまちぶぎょう》・小谷掃部頭祐正《こたにかもんのかみすけただ》に仕えた。陽炎が率いる『紅鞘』は報酬次第でどんな汚い仕事でもやってのける闇組織だったが、恵渡の町に溶け込み、民の平和な暮らしを脅《おびや》かす悪を未然に防ぐ諜報《ちょうほう》組織に生まれ変わる。彼らの座右の銘は『何も起こさせない』であり、恵渡は大都市としては世界的にも異例の犯罪発生率の低さを誇った。現代の警察官の多くは『紅鞘』の構成員を祖先に持つと言われている。

私生活でも祐正の傍《そば》を離れず、祐正の妻子からは家族として遇《ぐう》された。愛妻家の祐正と理無《わりな》い仲になることは無かったが、祐正の最期《さいご》を看取《みと》ったのは陽炎だったという。

【陽炎の側近《そっきん》　蛍《ほたる》】

主人の陽炎を支え、恵渡の治安に生涯を捧《ささ》げた。遅めの成長期を迎えてからは別人のように逞《たくま》しくなり、女子のふりは出来なくなったが、任務中に親しくなった女性と所帯を持ち、五男三女に恵まれた。妻の尻に敷かれながらも自慢の腕っぷしでならず者をなぎ倒す姿には、その名前から想像される儚《はかな》さの欠片も無かった。

【『い組』の火消　元助《げんすけ》】

西海道の乱の十数年後、虎太郎《こたろう》から『い組』の頭《かしら》の座を譲り受けた。若い頃はうっかり者で周囲を心配させた元助だが、十数年の間に目覚ましい成長を遂げたため、反対する者は居なかったという。

その人徳を慕い、元助の元には身分を問わず数多の町人が訪れた。中でも貧乏旗本の三男坊、七田光之介《しちだみつのすけ》とは身分を超えた友情を築き、よく二人で談笑する姿が見られたが、武鑑《ぶかん》には七田という武家も光之介という子息も記録されておらず、後世の歴史家を悩ませている。将軍光彬のお忍びだったのではないかと主張する者も出る始末だ。

結婚は遅く、相手は年季明けの女郎《じょろう》、鈴《すず》だった。元助の幼馴染みの彼女は武士の娘だったが、父親の身勝手によって幼い頃岡場所《おかばしょ》に売り飛ばされた過去を持つ。初恋を貫《つらぬ》いた元助の心意気に誰もが感じ入った。鈴もまた夫によく尽くし、『い組』のおかみとして若い火消たちの母親代わりを務めたそうだ。


【『い組』の頭　虎太郎】


光彬の数ある偉業の中でも最も重要な町火消《まちびけし》の創設に尽力《じんりょく》し、光彬の養育にも関わった虎太郎は町人ながら幕府の重鎮《じゅうちん》と言っていい。だが光彬の祖父、榊原彦十郎《さかきばらひこじゅうろう》の従者となるまでの間の虎太郎に関する情報は皆無に等しく、その出自《しゅつじ》は様々に取り沙汰されている。本人は過去を問われても『あっしは榊原様の従者でさ』と微笑むだけだった。

恵渡三座《えどさんざ》の花形役者をもしのぐと謳《うた》われた男ぶりと粋《いき》な振る舞いは語り草になっており、現代でも若い女性に人気が高い。光彬からは家族同然の臣下として篤《あつ》い信頼を受け、南町奉行の小谷掃部頭とも協力し、恵渡の治安維持と火災防止に努めた。光彬の御代《みよ》以降、恵渡は何度も大地震に襲われたが、大火《たいか》を出さずに済んだのは虎太郎と掃部頭が消火組織を整備したからだと言われる。

西海道の乱の後は自ら火事場に立つことを控え、後進の育成に励《はげ》んだ。特に元助には目をかけ、『どうしてあんな奴を』と陰口を叩かれることもあったが、元助が目覚ましい成長を遂げるにつれ鳴りをひそめ、次の頭に任命されるに至っては『やはり頭の目は確かだった』と称賛された。虎太郎の第一の功績は町火消創設ではなく、人材の育成だと評価する歴史家も多い。

頭の座を元助に譲った後、虎太郎は光彬にすら何も言い残さず姿を消した。

その後の消息を知る者は居ないが、時折、かつて彦十郎が武者修行の旅で巡った各地で虎太郎によく似た男が目撃されたという。また研究のため彦十郎の墓が調査された際、中から何故か二人分の成人男性の骨が見付かった。


【南町奉行　小谷掃部頭祐正】

旗本小普請組《こぶしんぐみ》でくすぶっていた祐正を見出《みいだ》し、町奉行に抜擢《ばってき》したことは紛《まぎ》れも無く光彬最大の偉業の一つであった。町奉行と言えば現代における裁判所長官、警視総監、都知事の役割を兼ねる重職である。一つでも過労死に追い込まれかねない激務を、祐正は何と二十年以上もの長きにわたり勤め上げた。

後世ではいわゆる『小谷裁《こたにさば》き』と呼ばれるお白洲《しらす》での公平かつ情に満ちた判決が注目されがちだが、祐正の真骨頂《しんこっちょう》は町の治安の維持にある。祐正は『紅鞘』を配下に収め、恵渡にひそむ悪を炙《あぶ》り出し、犯罪を未然に防いだ。光彬は弱き人々に救済を惜しまなかったが、政に無視されがちな彼らの存在を光彬に知らせるのは祐正だったのである。その働きはあたかも太陽の光の及ばぬ闇を照らす月のようであった。

後に祐正は一万石《いちまんごく》を加増《かぞう》されて大名となり、大名役である寺社奉行に栄転し、何かと不祥事のはびこりがちな寺社の領域にも光をもたらした。町奉行から大名にまで出世したのは、祐正を除けば数十年後に登場し、祐正と並び称された名奉行、北町《きたまち》奉行・統山左衛門尉好文《とうやまさえもんのじょうよしふみ》のみである。

【純皓の父　右大臣・紫藤純孝《すみたか》】

形ばかり出家した後もしばらく紫藤家の邸に留まっていたが、紫藤家の権威を失墜《しっつい》させた純孝に対する風当たりは強く、やがて居たたまれなくなって菩提寺に身を寄せた。その際、弟や息子の御台所にまで金子《きんす》をねだったが一蹴《いっしゅう》されてしまう。

元五摂家の当主だったとはいえ、ろくな寄付金も納められない男に寺は冷たかった。御台所の父として贅沢《ぜいたく》な暮らしに慣れきっていた身体は厳しい修行に耐え切れず、みるみるうちに瘦《や》せ衰《おとろ》えていった。

ある日、寝付いてしまった純孝の様子を小坊主が渋々見に行くと、薄い布団に大量の血を吐いて死んでいた。少し前から『女の亡霊が見える』だの『許してくれ、そんなつもりでは』だのと妄言《もうげん》を吐くようになっていたため、きっと妄想に憑《つ》かれて死んでしまったのだろう、この男には似合いの死にざまだと人々は噂した。骨と皮同然となっていた骸の傍には、季節外れの椿《つばき》の花が一輪落ちていたらしい。

【純皓の異母兄　紫藤麗皓】

この男が志満津隆義と共謀《きょうぼう》したことにより朝廷はますます衰退《すいたい》し、幕府のさらなる束縛に甘んじざるを得なくなった。

しかし意外にも麗皓を非難する貴族は少なかった。麗皓が故人であることも関係していただろうが、何より大きいのは、当主の純孝と嫡男の和皓の無能ぶりが知れ渡っていたせいだと思われる。麗皓が出奔《しゅっぽん》の末に隆義と手を組んだのは、このままでは父と異母兄に紫藤家を食い潰されてしまうと危機感を抱いたからだろうと貴族たちは考えたのだ。

もし和皓と麗皓の生まれる順番が逆であれば何の問題も起きなかったであろうにと、彼らは同情的ですらあった。麗皓は見目麗しい貴公子であったため、姫や貴婦人たちからは特に庇《かば》う声が寄せられたらしい。

麗皓の骸を受け取った新たな紫藤家の当主は、遺品を整理するうちに、『自分に万が一のことがあった時は紫藤家所有の別宅の庭に埋葬《まいそう》して欲しい。法要《ほうよう》のたぐいは一切要《い》らない』と記された遺書を発見する。

別宅はかつて純孝が妾《めかけ》を住まわせていた小さな家だが、今は住まう者も無く荒れ果てていた。だが小さな庭には見事な椿の木が植えられており、当主はその根元に麗皓の骸を埋葬してやる。その夜、甥の御台所によく似た女性と麗皓が微笑みを交わしながら冥府へ下っていく夢を見たという。

【兵部卿《ひょうぶきょう》　紫藤和皓】
西海道の乱に与《くみ》した度合で言えば、麗皓より和皓の方が断然低い。和皓は隆義に言われるがまま、偽神官に扮して民を扇動《せんどう》しただけだ。その後は自ら命を絶っており、自分で罪を償ったとも言える。

にもかかわらず貴族たちは和皓を激しく糾弾し、軽蔑《けいべつ》した。それだけ和皓の普段の行いが誉められたものではなかったという証左《しょうさ》だろう。前右大臣によって隠蔽《いんぺい》されていた過去の事件も次々と明るみに出てしまい、貴族としての和皓の名誉は地に落ちた。

以後、貴族にあるまじき狼藉《ろうぜき》に及ぶことが『兵部卿のごとき振る舞い』と喩《たと》えられるようになり、和皓の就《つ》いていた兵部卿の地位には誰も就任したがらなくなったため、とうとう廃止されてしまった。陽ノ本一の愚《おろ》かな貴族として、和皓は歴史に名を刻んだのである。

【大目付《おおめつけ》　松波備中守《まつなみびっちゅうのかみ》】

光彬の臣下と言えば南町奉行の小谷掃部頭や老中の常盤主殿頭が注目されがちだが、備中守もまた真君の治世《ちせい》に大きく貢献した優秀な男の一人である。内政《ないせい》を得意とする者が多い光彬の臣下たちの中にあって、珍しく軍事の才を発揮した。

西海道の乱においては幕府軍、後に助太刀《すけだち》の諸藩軍も加えた連合軍を統率し、恵渡の町が戦火に包まれることを許さなかった。隆義率いる西軍が恵渡城決戦に持ち込まざるを得なかったのは、この男の存在も大きい。

乱の後始末で南蛮船に乗り込んだのをきっかけに外つ国に興味を抱き、南蛮の言葉や文化を学び始めた。その努力は数年後、新たな裏賀《うらが》奉行に任じられた時に報《むく》われることになる。任地の裏賀では毎朝、朝日に向かって祈りを捧げていたという。

【小納戸頭取《こなんどとうどり》　甲斐田隼人《かいだはやと》】

大奥で数多の女性が醜《みにく》い争いをくり広げるように、中奥《なかおく》でも小納戸や小姓《こしょう》たちが将軍の寵愛《ちょうあい》を巡って競い合うのが光彬の父、七代将軍の御代までは当たり前の光景だった。中奥に仕える者たちは大奥の女たちより長い時間を共に過ごし、将軍を支えているという自負があったのである。陰湿な虐《いじ》めは日常茶飯事、心を病んで辞めていく者も珍しくなかった。

しかし隼人はそうした争いを一切許さず、小姓番頭《ばんがしら》の山吹《やまぶき》とも協力し、中奥の平穏を保ち続けた。全ては清廉潔白で争いごとを嫌う光彬に、心からくつろいでもらうためである。

御台所を心から愛する光彬はほとんどの夜を大奥で過ごしたが、月に数度、潔斎日《けっさいび》で大奥に渡れない日は、小納戸や小姓たちを相手にのんびりと休んだ。つかの間、政務の重圧から解放されて憩《いこ》う光彬の傍には必ず隼人の姿があったという。無私《むし》の忠誠と敬愛を捧げる隼人を人々は『聖域の守護者』と呼んだ。

【小姓番頭　山吹】

小納戸が将軍の身の回りの世話役なら、小姓は親衛隊である。戦国の世ならば武力でもって将軍を守ることが務めだが、泰平の世にあっては中奥の平穏を保ち、将軍の寵愛を射とめることが小姓の役割に変化したため、小姓は様々な年齢層の美形揃いとなった。

中でも山吹は傾城《けいせい》の貴公子、龍陽君《りゅうようくん》にも喩えられ、歴代最高峰の美形と讃《たた》えられた。その美貌は衰えることを知らず、記録によれば初めて出仕《しゅっし》したのは光彬の祖父に当たる六代将軍の御代だとされるが、光彬に仕える頃でも十代の若々しさを保っていたという。しかし素直に計算すれば山吹は孫が居てもおかしくない年齢になってしまうため、これは記録の誤りであろう。

華やかな容姿に似合わず武芸にも秀《ひい》で、西海道の乱の折は数十人の西軍兵を討《う》ち取ったと言われる。光彬の改革に反抗する勢力はたびたび中奥に刺客を送り込んだが、いずれも失敗に終わったのは、将軍のみに忠誠を誓う御庭番《おにわばん》と、山吹率いる小姓組の活躍あってこそだった。暗殺を生業《なりわい》とする闇組織では、恵渡城中奥には美しい鬼神《きじん》が住むと恐れられたという。

【光彬の小姓　永井彦之進《ながいひこのしん》】

代々将軍の小姓を務めてきた譜代《ふだい》旗本の家に生まれ、元々将軍に対し高い忠誠心を抱いていたが、光彬の人となりに魅了されてからは崇拝《すうはい》の域にまで到達した。光彬を守る栄誉を受け継がせ、光彬の勇姿《ゆうし》を子々孫々まで語り継がせるため結婚を大幅に早めたほどである。妻となったのは譜代旗本、統山家の分家筋の娘。この縁が後に思いがけない運命を切り拓いた。

妻もまた『男子に生まれて上様にお仕えしたかった』と豪語《ごうご》する勇ましい女性であったため、夫婦仲は非常に睦まじく、たちまち四人の息子に恵まれた。厳しい鍛錬と勉学に励《はげ》ませた甲斐《かい》あって、四人の息子は全員が優秀に育つ。特に四男の鷹文《たかふみ》は才気煥発《さいきかんぱつ》な若者で、母親の実家の宗家《そうけ》に当たる統山家の跡取り養子にまで望まれた。

この鷹文の息子こそ後に史上最年少で北町奉行に任じられ、小谷掃部頭と並び称されることになる統山左衛門尉好文である。明星《あけぼし》のごとく輝く鷹文と好文の業績は、陽ノ本の人間なら誰もが知るところであろう。

彦之進の忠義はその血筋にまで染み渡り、陽ノ本に新たな歴史をもたらしたのだ。

【老中首座《ろうじゅうしゅざ》　常盤主殿頭興央《おきひさ》】

貧しい足軽の家に生まれながら、その才覚でもって老中にまで上り詰めた。成り上がりという言葉がここまで嵌《は》まる男は居ないだろう。しかも一度は失脚しながら光彬によって才能を見出され、隠居後だったにもかかわらず再び老中に抜擢《ばってき》されている。後世の人々は彼を『不死身の老兵』と呼んだ。

光彬に多大な影響を及ぼした祖父、榊原彦十郎の親友であり、若かりし頃は共に様々な無茶をやらかしたと伝わる。出世してから音信は途絶えがちだったが、友誼《ゆうぎ》は変わらず続いており、再度老中として出仕したのは亡き親友の孫を守るためだったようだ。

大名として西海道に封じられてからは善政《ぜんせい》を施《ほどこ》し、民心《みんしん》を獲得することに成功した。これは後に西海道が幕府直轄領《ちょっかつりょう》に加わるきっかけとなる。

光彬から何度も恵渡に戻るよう促されても聞き入れず、西海道に骨を埋《うず》めた。主殿頭の訃報《ふほう》が恵渡城にもたらされた時、光彬は人目もはばからず落涙《らくるい》したという。

【光彬の乳兄弟　側用人《そばようにん》　門脇小兵衛定信《かどわきこへえさだのぶ》】

側用人と言えば城表《しろおもて》の役人と中奥の将軍をつなぐ要職中の要職だが、門脇ほど強い影響力を誇った側用人は幕府の長い歴史において一人も居まい。門脇は光彬の乳兄弟として共に育ち、光彬が将軍に就《つ》くとは予想すらされていなかった頃から忠誠を誓い、不遇の時代を支え続けたのだ。臣下というより家族であった。光彬から最も信頼を置かれていたのは、間違い無くこの男だっただろう。

望めばいくらでも私腹を肥やし、権勢を誇ることも可能だったはずだが、門脇はお役目に一切の私心《ししん》を差し挟まなかった。光彬との謁見《えっけん》を望む者が賄賂《わいろ》のたぐいを渡そうものなら烈火のごとく怒り狂い、突き返したという。

重臣でなくとも重要と見れば光彬に取り次いだため、城表と中奥との間の垣根はぐんと低くなり、能力ある者が見出されやすくなった。彼らが光彬に重用《ちょうよう》され、出世することで門脇の影響力はますます大きくなったが、門脇が驕《おご》ることは決して無く、誰に対しても常に公平な態度を崩さなかった。

金壺眼《かなつぼまなこ》に鬼瓦《おにがわら》のような厳《いか》つい顔付きだったと伝わっており、現代でも公平性を求められる要職者には鬼瓦の意匠《いしょう》があしらわれた徽章《きしょう》が授与される。

その容姿を恐れる女性は多かったが、思いがけぬ形で幸運が舞い込んだ。光彬の御台所・純皓の小姓《こしょう》、咲《さき》が門脇の篤実《とくじつ》な人となりに惚れ込み、妻になりたいと熱望したのだ。御台所の右腕であり、麗しの御台所に劣らぬ美形と謳われた女性を娶《めと》ったことにより、門脇の地位は盤《ばん》石《じゃく》のものとなった。

夫婦仲は睦まじく、門脇は時折咲を思って泣いていたという逸話さえ伝わる。しかし二人は子宝に恵まれず、門脇が側室も拒んだことから、門脇の弟の子を養子に取った。光彬の御代以降、門脇家は代々側用人として仕え、かの北町奉行・統山左衛門尉とも関わりを持つに至ったのである。

【隆義の異母妹　桐《きり》姫】

若い女性だったにもかかわらず島流しにされた桐姫は、悲劇の姫君として名高い。大奥に滞在したのはわずかな間だが、幅広い交友関係を築いていたようだ。上臈御年寄《じょうろうおとしより》にして後の御台所、紅城富貴子《くじょうふきこ》とも友誼《ゆうぎ》を持ったというのだから驚きである。

桐姫の訃報《ふほう》を受けた富貴子は深く嘆《なげ》いたが、そんな彼女を少し年上の奥女中が親身になって慰めたそうだ。その奥女中は桐姫が島流しにされたのと同じ時期に大奥入りしたため、志満津家ゆかりの娘を御台所が哀れみ、かくまったのではないかとも噂される。

奥女中の名は伝わっていない。だが大奥の記録には数十年後、富貴子を支え続けた彼女が大奥を辞してから小さな寺に身を寄せ、西海道の乱で命を落とした人々の菩提を弔ったことが記されている。

信心深い女性だったらしく、大奥でも守り本尊《ほんぞん》の観音菩薩像《かんのんぼさつぞう》を拝んでいたそうだ。

【上臈御年寄　紅城富貴子】

鶴松が九代将軍に就任した際、富貴子は純皓の実家である紫藤家の後ろ盾《だて》を得、鶴松の御台所に収まった。我が娘こそ御台所にと望んでいた都の高位貴族たちは激しく糾弾したが、大御所《おおごしょ》となった光彬と純皓が矢面《やおもて》に立ったため、引き下がらざるを得なかった。

富貴子は舅 姑《しゅうとしゅうとめ》に深く感謝し、嫁として今まで以上に忠実に仕えた。もちろん鶴松にとっても良き妻であり、何かと光彬に比べられがちな夫を朗《ほが》らかな笑顔で支え続けたのである。残念ながら鶴松との間に子は生まれなかったが、迎え入れられた数多の側室たちとも非常に仲が良く、生まれた子どもたちを我が子のごとく可愛がり、大奥をよく纏め上げた。十代将軍・光護《みつもり》は彼女を本当の母親よりも慕っていたという。

【光彬の異母弟　鶴松】

生母の栄証院が犯した罪のため、鶴松の味方は光彬と御台所の純皓、そして初恋の姫君である富貴子だけだった。自分を支えてくれる人たちのため、偉大な異母兄が発展させた恵渡を守るため、鶴松は陰ひなた無く血の滲むような努力を続けた。そんな鶴松を周囲の人々は少しずつ見直していったが、一度押された烙印《らくいん》はそう簡単に消えるものではない。

こんな逸話が残っている。ある日、鶴松に批判的な重臣が光彬に『上様は何故そこまで鶴松様にお目をかけられますのか。お世継ぎに相応《ふさわ》しきお方ならば、御三家《ごさんけ》にもいらっしゃるでしょうに』と問いかけたのだ。

すると光彬は機嫌を損ねるでもなく答《そこ》えた。

『周囲に期待され、何をしても誉めそやされるとわかっていれば誰でも励むだろう。しかし鶴松は誰にも認められないと承知の上で不断の努力を積んでおる。己は陽《ひ》の目を見ずとも全力を尽くせるその資質こそ、余《よ》が世継ぎに求めるものである』

人伝《ひとづて》にやり取りを聞いた鶴松はその言葉を生涯胸に刻み、民に尽くし続けた。線の細い美青年に成長した鶴松のもとには数多の側室が望んで嫁《とつ》いだが、御台所の富貴子の差配《さはい》もあってか、大奥はどろどろした女同士の確執《かくしつ》とはかけ離れた、春の花園のごとき空間であったという。

鶴松は正室の富貴子を第一とし、側室たちをみな平等に扱った。しかし時折、鶴松によく似た容姿の娘が大奥のみならず中奥でも目撃され、よそに愛人を作ったのではないかと疑われたが、愛人もその娘もいまだに素性は明らかにされていない。

【御台所の側近　咲】

言わずと知れた御台所・純皓の側近であり、光彬に最も信を置かれた門脇の妻である。しかし彼女が歴史の表舞台に登場したのは純皓が御台所となった時であり、それ以前の経歴はあらゆる史料を調べても出て来ない。そのため実在しない人物であったとか、果ては公《おおやけ》に出来ない組織の構成員だったという説まで存在する。

大奥の記録にも門脇家の系譜《けいふ》にも咲の名は記されているため、実在人物であったことは確実だ。奥女中は御台所や将軍の側室になった女性以外、未婚を貫くのが慣例だが、奥女中の身分のまま門脇との婚姻が許されたのは、彼女が純皓の絶大なる信頼を受けていた証《あかし》だろう。

咲は基本的に大奥に留まり、多忙な純皓を補佐しつつ、時折門脇家に宿下がりするという生活を生涯続けた。そのため門脇家の嫁としての務めはほとんど果たせなかったのだが、よくぞあの鬼瓦を見初めてくれたと、舅姑は咲を可愛がっていたようだ。

他家に嫁入りしながらもお役目を続ける。咲の人生計画は、一度結婚すれば婚家《こんけ》に尽くすのが当たり前だった当時の武家の女性たちに大きな影響をもたらした。

咲に感銘を受けた女性たちは少しずつ社会に進出してゆき、『身分や性別に関係無く、才能ある者が活躍すべき』という光彬の方針に後押しされ、やがて女性官吏《かんり》の誕生に結び付く。陽ノ本が国を開いたばかりの頃、訪れた外国人たちは公的な職場で当然のように働く女性たちの姿に驚いたという。

もっとも、咲自身は主人の純皓を除けば、夫を何よりも大切にした女性であった。光彬や純皓からの褒美《ほうび》には常に夫との二人きりの時間を望み、夫の門脇はそんな妻のいじらしさに涙を流して感動していたそうだ。

【比翼連理《ひよくれんり》　光彬と純皓】

幕府の歴史に燦然《さんぜん》と名を輝かせる八代将軍、七條光彬。彼とその御台所、紫藤純皓を分けて語るのは難しい。政略で結ばれた夫婦ではあったが、大輪の愛の花を咲かせた光彬を人々は比翼公と呼ぶ。

光彬は純皓に全幅《ぜんぷく》の愛情と信頼を寄せ、時に政の相談も持ちかけた。西海道の乱においては首魁の隆義を討ち果たすべく単騎で出陣した光彬に、純皓も騎乗して従ったという説まであるが、たおやかな都の貴人に武芸の心得《こころえ》があったとは考えづらい。後世の創作であろう。将軍と御台所がどれほど庶民に愛されていたのかの証左でもある。

光彬をいつまでも将軍として仰ぎたいという幕臣や民の声は強かったが、西海道の乱の十五年後、光彬は鶴松に将軍の位を譲った。記録によれば当時の光彬は三十七歳、働き盛りである。健康に不安があったという記録も無い。あと十年は将軍として政を行えるはずだったし、周囲もそれを望んでいた。

しかし光彬は彼らの声を聞き入れること無く、純皓と共に西ノ丸《にしのまる》に移り住んだ。以降、大御所と呼ばれることになる。

大御所は未熟な将軍を後見《こうけん》し、時に将軍その人よりも強い権力を振るうものだが、光彬は表の政には一切口を挟まなかった。無責任と謗《そし》る者も居なかったわけではない。しかし現実問題として、光彬が大御所として存在感を発揮したなら、新たな将軍となった鶴松は肩書だけの将軍に甘んじざるを得なかっただろう。

『純皓にはずいぶんと苦労をかけた。これからは俺が純皓に尽くす番だ』

大御所の政治参加を望む者たちに、光彬はそう言ったと伝わる。

その言葉通り、光彬と純皓は西ノ丸で穏やかな余生《よせい》を過ごした。西ノ丸にも大奥はある。大《おお》御台所《みだいどころ》となった純皓はそこに入るべきなのだが、どうせ他に側室など居ないのだからと、光彬は純皓を自分と同じ邸内に住まわせた。

同じ場所で寝起きし、同じものを食べながら何気無いおしゃべりを楽しみ、中庭を散策して四季の移ろいを眺める。時折、遊びにやって来る鶴松の子どもたち…義理の孫に当たる彼らと遊んでくたくたになり、『歳は取りたくないな』と笑い合う。

偉大な大御所と大御台所とは思えない、どこにでも居そうなごくありふれた幸せな夫婦だったと、光彬に可愛がられていた十代将軍の光護は後に述懐《じゅっかい》する。

ほぼ同時期に亡くなった二人の遺体は、歴代将軍も眠る将軍家の菩提寺に葬られた。御台所は将軍と別の寺院に埋葬されるのがしきたりだったため、異例の措置《そち》と言える。

事実であるかどうかは定かではないが、七條家の歴史書によれば、二人の遺体を輿《こし》に乗せてそれぞれ別の墓所に安置しようとしたら、輿の担《かつ》ぎ手たちが体調不良を訴え倒れることが続いたという。そこで鶴松が同じ墓所へ葬るよう命じたところ、今度は何も起こらず、葬儀もつつが無く終わったそうだ。

『比翼の翼は死に神にも分かてぬか』

鶴松はそう呟き、涙したという。

強い薬の匂いが鼻腔《びこう》を突いた。

ふっとまぶたを上げると、幾つになっても美しさを失わない妻が枕元から覗き込んでいる。色濃い不安の色がほんの少しだけ和《やわ》らいだ。自分はどうやらずいぶんと長い間、眠ってしまっていたらしい。

「……声が聞こえた」

感覚の失せつつある唇を震わせる。聡明な妻はそれだけで理解してくれたようだ。

「そうか。……そろそろか」

「すまん。お前を…」

うまく回らない唇をいたわるように撫で、妻は微笑む。

…綺麗だと思った。何度も輪廻《りんね》をくり返し、今生《こんじょう》でもずいぶんと長い時間を生きてきたけれど、妻の笑顔以上に美しいものを未だに知らない。きっと次の生でも、この笑顔に魅了されるのだろう。

「俺もまたすぐに逝《い》く。…だから、…」

齢を重ねても玲瓏《れいろう》たる声音がだんだんくぐもって、聞こえなくなっていく。まるで水底に沈んでいくかのように。

けれど妻の言いたいことは、聞こえずともわかっていた。

「……ああ。待っている……」

布団の外に出ていた手をぎゅっと握り締められる。

それから再び眠りに落ちてしまったようだ。次に聞こえたのは、たたたたた、と軽やかな子どもの足音だった。

冥々《めいめい》たる闇の奥に光が灯《とも》る。駆けてくるのは水干《すいかん》姿の美童《びどう》だ。赤子だった頃を知る身としては感慨深い。死とは無縁の神々の時においても、ずいぶんと長い時間を過ごしてきたのだと思い知らされる。名を変え、姿を変え、身分を変えて。

その後ろを長い裳《も》の裾《すそ》を優雅に引きずりながら追いかけてくる、白衣《びゃくえ》に千早《ちはや》を纏った子ども…こちらはあまり変わらない。尼削《あまそ》ぎの髪がほんの少し伸び、苦笑する表情がややわらかくなったくらいか。

——また逢えたな！　あるじさま！

いつもながら、よくわかるものだ。

苦笑し、差し出された小さな手を取れば、きゅっと握り締められた。この手を握っていれば、どんな闇の中でも迷うことは無い。

「そう急いでくれるな」

あまり急ぐと、妻が追い付けなくなってしまう。ぐいぐいと引っ張って行こうとする美童に抗議すれば、美童は唇を尖らせた。

——あやつならすぐにでも追い付く。いつもそうだったはずじゃろ？

「しかし…」

──ならば聞かせておくれ。そなたが今生をどう生き、どんな欠片を遺《のこ》したのか。さすればこの慌て者の歩みも少しは遅くなろう。

尼削ぎの子どもが助け船を出してくれたおかげで、引っ張る手から力が抜けた。わくわくと見上げてくる美童の頭を撫でてやる。

さて、何から話したものか。考えるうちに馴染んだ足音が後ろから聞こえてきて、光彬は破《は》顔《がん》した。

「早かったな。純皓」

そして欠片は受け継がれる。後《のち》の世に、二人を知る全ての人々の心に。

あとがき

AFTERWORD……………………

—宮緒　葵—


こんにちは、宮緒葵《みやおあおい》です。『華は褥《しとね》に咲き狂う8～比翼《ひよく》と連理《れんり》～』お読み下さりありがとうございました。

この巻をもって『華は褥に咲き狂う』はめでたく完結です。一巻完結だったはずのお話がシリーズ化したり、前レーベルさんが休刊してディアプラス文庫さんに引き取って頂いたり、体調を崩して手術を受けたりと、思えば色々ありました。私は今年でデビュー十一年目になりますが、ほとんどの期間をこのシリーズと共に過ごしてきましたので、大きな達成感と同時にかけがえのない友人を失ってしまったような切なさも感じます。

物語のキーパーソンであり、光彬《みつあき》の祖父でもある彦十郎《ひこじゅうろう》の名前は、私の八代前のご先祖様から頂きました。

代々旗本《はたもと》だった私の家は彦十郎さんの時代に大政奉還《たいせいほうかん》があり、禄《ろく》を失って今の土地に移り住んできました。たった八代前のことと考えると、江戸もそう遠い時代ではないんだなあと思ったのがこのお話を書き始めたきっかけです。

十数代前のご先祖様は江戸城で働き、三十代くらい前のご先祖様は戦場で槍《やり》を振るっていたのでしょう。歴史はついその時代だけを注目してしまいがちですが、どの時代も川の流れのようにつながっていて、全ての欠片《かけら》を受け継いでいるのが現代なのだと、このお話の原稿を書きながらしみじみと思いました。

光彬と純皓《すみひろ》の欠片を受け継いだ陽ノ本《ひのもと》は史実とは違う流れを紡《つむ》いでいきます。どのような流れなのかは、スピンオフの『桜吹雪は月に舞う』シリーズで触れる予定なので、ぜひこちらのシリーズもよろしくお願いいたします。

シリーズを通して美麗なイラストで彩《いろど》って下さった小山田《おやまだ》あみ先生。長い間ありがとうございました。恵渡《えど》が恵渡たり得たのは、先生の描いて下さる光彬や純皓、活《い》き活きとした光を放つキャラあってこそでした。

長きにわたりお付き合い下さった読者の皆様、ありがとうございました。シリーズを続けていくことが厳しいご時世に、八巻もの物語を書かせて頂けたのは、皆様の熱い応援あってこそでした。お寄せ頂いたご感想にどれだけ励《はげ》まされたことか。もしもこのお話から何かの欠片を受け取って下さいましたら、またご感想を聞かせて頂けると嬉しいです。

最後に、このお話に関わって下さった全ての方々にお礼を申し上げます。光彬と純皓の物語はここで一旦終わりますが、光彬の祖父彦十郎の話を書かせて頂く予定がありますので、これからも見守ってやって下さいませ。

それではまた、どこかでお会い出来ますように。

この本を読んでのご意見、ご感想などをお寄せください。
宮緒 葵先生・小山田あみ先生へのはげましのおたよりもお待ちしております。

〒113-0024　東京都文京区西片2-19-18　新書館
[編集部へのご意見・ご感想] ディアプラス編集部「華は褥に咲き狂う8 ～比翼と連理～」係
[先生方へのおたより] ディアプラス編集部気付 ○○先生

- 初出 -
華は褥に咲き狂う8 ～比翼と連理～：書き下ろし

[はなはしとねにさきくるう]
華は褥に咲き狂う8 ～比翼と連理～

著者：**宮緒 葵** みやお・あおい

初版発行：2022年9月25日

発行所：株式会社 新書館
[編集] 〒113-0024
東京都文京区西片2-19-18　電話（03）3811-2631
[営業] 〒174-0043
東京都板橋区坂下1-22-14　電話（03）5970-3840
[URL] https://www.shinshokan.co.jp/

印刷・製本：株式会社 光邦

ISBN978-4-403-52559-9 ©Aoi MIYAO 2022 Printed in Japan